关于我变成史莱姆这档事 1

Regarding Reincarnated to Slime

Story by Fuse, Illustration by Mitz Vah

[日]伏濑 / 著
[日]Mitz Vah / 图
程 宏 / 译

关于我变成史莱姆这档事 ①
Regarding Reincarnated to Slime

时代出版传媒股份有限公司
安徽少年儿童出版社

著作权登记号：皖登字 12181856 号

ⓒ Fuse ⓒ Mitz Vah ⓒ MICRO MAGAZINE
All rights reserved.
Original Japanese edition published in 2014 by MICRO MAGAZINE
Translation rights in Simplified Chinese Arranged with MICRO MAGAZINE
本作品中文简体字版由风车影视文化发展株式会社授权安徽少年儿童出版社在中华人民共和国（不含台湾、香港和澳门特别行政区）独家出版发行。

图书在版编目（CIP）数据

关于我变成史莱姆这档事. 1 /［日］伏濑著；［日］Mitz Vah图；程宏译. —合肥：安徽少年儿童出版社，2019.7（2023.5重印）
 ISBN 978-7-5707-0481-1

Ⅰ.①关… Ⅱ.①伏… ②M… ③程… Ⅲ.①长篇小说–日本–近代 Ⅳ.①I313.45

中国版本图书馆CIP数据核字（2019）第101381号

［日］伏濑 著
［日］Mitz Vah 图
程宏 译

GUANYU WO BIANCHENG SHILAIMU ZHEDANGSHI·1
关于我变成史莱姆这档事·1

| 出 版 人：张 堃 | 责任编辑：王卫东 王少锋 张万晖 | 责任校对：江 伟 |

责任印制：郭 玲　　版权运作：柳婷婷
出版发行：安徽少年儿童出版社　E-mail：ahse1984@163.com
　　　　　新浪官方微博：http://weibo.com/ahsecbs
　　　（安徽省合肥市翡翠路 1118 号出版传媒广场　邮政编码：230071）
　　　　出版部电话：（0551）63533536（办公室）　63533533（传真）
　　　　（如发现印装质量问题，影响阅读，请与本社出版部联系调换）

印　　制：安徽国文彩印有限公司
开　　本：635 mm×900 mm　1/16　　印张：19.75
版　　次：2019 年 7 月第 1 版　　2023 年 5 月第 5 次印刷

ISBN 978-7-5707-0481-1　　　　　　　　　　　　　　　定价：42.00元

版权所有，侵权必究

目录

序章　死亡——然后重生	1
第一章　最初的朋友	8
第二章　哥布林村之战	66
第三章　矮人王国之旅	132
第四章　爆炎支配者	214
终章　继承的身姿	270
外传　哥布塔的大冒险	279
后记	309

序章　死亡——然后重生

我的人生平淡无奇。

我今年三十七岁，大学毕业后进入公认可靠的大型建筑公司。现独居，无女友。

我父母由大我很多的哥哥赡养，所以我是个无拘无束的单身贵族。

我身高不低，长相也不丑，却不受女性欢迎。我也曾追过女孩，但经过三次表白被拒绝之后，我心灰意冷了。说实话，到了这个年龄，没有女朋友的问题就很烦人了。

虽然工作也是一个原因，但主要是因为就算没女朋友也无所谓……

我倒不是在为自己辩解。

至于我为什么在想这些——

"前辈，让你久等了。"

一个爽朗的青年笑着向我走来，他身旁是一位美女。这两人分别是我的后辈田村和公司公认的大美女——前台的泽渡小姐。

今天，这两人来找我商量结婚的事。这让我不由自主地在思考自己为什么不受异性欢迎。我们约好下班后见面。我在约定地点旁的十字路口，倚着电线杆陷入了沉思。

"哦。你要找我商量什么？"我边说边对泽渡小姐点头致意。

"你好，初次见面，我叫泽渡美穗。虽然我们经常碰面，但这是我们初次交谈呢。我有点紧张。"

紧张的人是我啊!

我一向不擅长和女孩子说话。

"被发现了……"我心里嘟囔道。

不管怎么看,我都是个与恋爱无缘的人,根本没什么可以和我商量的。我看田村就是来讽刺我的。错不了,就是这样。

"你好。我叫三上悟。没什么好紧张的。泽渡小姐在公司里很有名,就算你不做自我介绍,我也认识。我碰巧和田村是校友,在公司的研修会上认识的,彼此意气相投,此后便成了朋友。"

"我竟然那么出名!难道公司里有关于我的流言?"

"嗯。有传闻说你跟木原部长过从甚密,和龟山君约过会之类的。"我忍不住戏弄道。

我本以为只是个小玩笑,没想到她听后竟然脸色通红,眼眶湿润。这样子还真可爱。

我的玩笑容易伤害别人,而且比较低级。别人曾告诫过我,让我绝对别再开这种玩笑,但总是一不留神就会说出口。

我这次也没忍住。我的性格果然很糟糕啊。

田村抚着泽渡小姐的肩膀劝慰她。

可恶的田村!这秀恩爱的场面让人想大吼:现充,爆炸吧!

"前辈,你别再开玩笑了。美穗都已经这样了。"

田村笑着劝道,真是个出色的后辈。他开朗乐观,很招人喜欢。

田村才二十八岁,和我年龄相差很大,但不知为何却很合得来。没办法,我就坦率地祝福他们吧……

"抱歉,我的性格比较糟糕。这里也不是说话的地方,我们换个地方边吃边聊吧。"

序章
死亡——然后重生

眼红也是在所难免的。我正想着,这时——

"呀——"

惨叫!混乱!

怎么了?发生什么事了?

"闪开!我要杀人了!!"

我循声看去,发现一名男性一手拿刀一手拿包正朝这边跑来。

我听到惨叫声。那名男性朝我们跑来。他拿着刀。刀?刀口对着……

"田村——"

我把田村撞了出去。那一瞬,灼烧般的疼痛从后背传遍全身。我当场倒下,蜷着身体忍受着后背的剧痛。

我在地上无法动弹,不清楚发生了什么。

"别挡路——"

我循声望去,那名男性边喊边逃,接着我又转头查看田村和泽渡小姐是否平安。

田村大叫着朝我跑来。

泽渡小姐被这突如其来的状况吓呆了,但似乎没有受伤——太好了。

可是,我的后背好烫。后背好烫,这是超越疼痛的烫。

怎么回事?太烫了……饶了我吧。

"确认完毕。已成功获得'对热耐性'。"

难道……我被刺中了?

我被刺中,没死……

"确认完毕。已成功获得'突刺耐性'。此外,已成功获得'物理攻击耐性'。"

"前辈,血……流血了……你血流不止。"
真是烦人的家伙。是田村吗?我好像听到了奇怪的声音,如果是田村的话就算了。
血?当然会流血。我也是人啊。被刺中当然会流血!
不过,我痛得受不了……

"确认完毕。已成功获得'痛觉无效'。"

那个……果然。看来疼痛和焦虑令我神志不清了。
"田……田村……你太吵了。没什么大不了的吧?别担心……"
"前辈……血……血……"
田村脸色惨白地抱着我哽咽道,一点也不像个男人。
我转向泽渡小姐,但视线一片模糊,看不清她的样子。
我后背的炽热感觉消失了,取而代之的是一股强烈的寒意。
糟了……人失血过多会死的。

"确认完毕。已成功创造不需要血液的身体。"

(等等!你喋喋不休地在说什么?我听不清……)
我想说话却发不出声。糟糕。我可能真要死了……
热度与疼痛渐渐消失。
好冷。冷得受不了了。怎么回事……我可没空在这里发抖,我

序章
死亡——然后重生

也很忙啊。

"确认完毕。已成功获得'对寒耐性'。因拥有'对热耐性''对寒耐性',技能已进化为'热量变化抗性'。"

在脑细胞处于死亡边缘之际,我的脑中闪过一件重要的事。
对了,电脑硬盘里的东西!
"田村!万一……万一我死了……我的电脑就拜托你了。帮我把电脑沉入浴缸,然后开机,把数据彻底销毁……"
我挤出仅存的力气,说出了心中最重要的事。

"确认完毕。使用电流删除数据……信息不足,无法执行。操作失败。作为替代措施,已成功获得'电流耐性'。已成功获得附属技能'麻痹耐性'。"

田村愣了一下,似乎不理解我在说什么。
之后,他会意地露出苦笑。
"哈哈,真有前辈的风格啊——"
反正我也不想看一个男人哭丧着脸,苦笑总比哭丧着脸好。
"我本来想向前辈炫耀泽渡……"
我猜也是……这混蛋真是的。
"喊……真是的。我完全没有怪你,你可要让她幸福啊。电脑的事就拜托了……"
说完,我便彻底失去了力气。

*

我的人生平淡无奇。

我今年三十七岁，大学毕业后进入公认可靠的大型建筑公司。现独居，无女友。

我父母由大我很多的哥哥赡养，所以我是个无拘无束的单身贵族。因此，我还没谈过恋爱。

没想到我还未经人事就要前往那个世界……我的孩子也会哭泣吧。

抱歉，我没让你长大成人……

如果有来世的话，我要主动出击……不断搭讪，不断恋爱……这样行不通吧？

"确认完毕。已成功获得专属技能'捕食者'。"

我已经快四十岁了，都说保持处男身到三十岁就能成为魔法师，那我现在已经快成为贤者了……今后成为大贤者也不是不可能，也不知道我会不会走到那一步。

"确认完毕。已成功获得高阶技能'贤者'。该技能进化成功，获得专属技能'大贤者'。"

……刚才那些都是什么？什么是"专属技能'大贤者'"？是在嘲笑我吗？

这根本不是我专属的啊！

这可不好笑！

实在太失礼了……

我想着想着就睡着了。

序章
死亡——然后重生

这就是死亡吗……好像也没我想的那么寂寞。

这是我在这个世界所想的最后一句话。

第一章

最初的朋友

Regarding Reincarnated to Slim

第一章
最初的朋友

好黑。
一片漆黑，什么也看不见。
我在哪里？话说回来，我怎么了？
我记得好像有人用"贤者""大贤者"嘲笑了我一番……

这时，我清醒了。
我叫三上悟。三十七岁，是个好男人。
在路上保护后辈时被歹徒刺中。
很好，我还记得。没事，现在可不是惊慌的时候。
我是个冷静的人。只有念小学时尿裤子后，我才会惊慌。
正要环顾四周时，我发现自己睁不开眼。
这可真够呛，我想挠头……可是手却没有反应。更重要的是我的头在哪儿？
混乱。
喂喂，等等。
我需要时间冷静一下。这时候好像应该数质数？
1、2、3……啊——
错了。不是这样。1好像不是质数？
不不，这也是无关紧要的问题。
现在可不是说傻话的时候，这情况可不妙啊。
咦？等等，我怎么了？
也许……难道我已经身陷非常状况？这种时候，谁还冷静得

关于我变成史莱姆这档事 1
Regarding Reincarnated to Slime

下来啊?

我慌忙确认自己有没有什么地方疼痛。

没有疼痛。很舒服。

既不冷也不热。我所在的地方实在是舒适宜人。

这状况让我稍稍放下心来。

接下来是确认手脚的状况。别说手指了,我连自己的手脚都感觉不到……

怎么回事?

我只是被刀刺中,应该不至于连手脚都没了,我到底怎么了?

而且我一直睁不开眼睛。

我什么都看不到,周围一片漆黑。

这前所未有的状况让我陷入极度不安。

我……失去意识了吗?

或许正相反,我的神经被切断,现在无法动弹只剩下意识?

不不不,饶了我吧!

想想看吧。

据说把人封闭在暗黑的空间里用不了多久就会发疯。这正是我现在的状况,而且,我连自杀都做不到。

这样下去,我一定会疯掉,在这种状况下,我怎么可能不绝望?

这时,我的身体感觉到一个轻柔的触感。

嗯?那是什么?

我将全部注意力都集中到那个触感上。

有个类似野草的东西从我肚子(?)旁轻轻滑过。

我集中注意力去感受,这时大致明白了自己身体的大小范围。

我感觉到叶尖时不时在戳弄我的身体。

第一章
最初的朋友

我有些庆幸。

周围仍然一片漆黑。但至少我知道自己五感中的触觉还能发挥作用。

我不禁心生好奇，朝那棵草靠过去——咕噜。

我发现自己的身体贴在地上滑了过去。

我在动……吗？

我现在可以肯定自己不在医院的床上。因为我感觉到肚子（？）下方如岩石一般凹凸不平。

原来如此……虽然仍不清楚怎么回事，但我现在应该不在医院。

而且我的眼睛和耳朵都失去了作用。

虽然不清楚我的头在哪里，但我正朝那棵草移动。我把注意力转移到和草接触的部位。

完全闻不到气味。恐怕我也没有嗅觉吧？

话说回来，我还不知道自己的身体是什么形状。

虽然不愿意承认，但我的身体应该是流线型且弹性十足的胶质状态，和那种"魔物"非常像。

刚才这种感觉就一直在我脑中徘徊。

不不……这不可能。不管怎么说也不可能会……

总之，先把这份不安放到一边。

我决定要试试人类五感中的最后一感。

可是，我不知道自己的嘴巴在哪里。这要怎么办？

"是否使用专属技能'捕食者'？ YES/NO"

突然，一个声音在我脑海中响起。

哈？你说什么？专属技能"捕食者"？

关于我变成史莱姆这档事 1
Regarding Reincarnated to Slime

而且，这是什么声音？

我在和田村说话的时候好像也听到了奇怪的声音，难道那不是我的错觉？

有人在吗？不过，好像不大对劲。这声音似乎不是来自外部……感觉这话是直接浮现在我心里的。

这声音似乎不带任何感情，就像电脑的系统提示一样没有生气。

总之，我选 NO！

没有反应。我等了一会儿，还是没有声音。

看来不会有第二次询问。我选错了吗？难道像游戏一样，这里必须选择 YES，否则就无法继续？

我本以为会像 RPG（角色扮演游戏）一样，会一直弹出同样的问题直到玩家选择 YES，看来我错了。

这家伙对我提出问题之后就没了下文，真是太失礼了。

本来在听到声音的时候，我还有那么一点庆幸。

我有点后悔了。

算了，这也没办法。我还是继续刚才正准备尝试的味觉功能吧。我朝之前那棵草的方向移动身体。

我循着那棵草的触感探了上去。我盖住那棵草，用身体确认它的触感。看来这就是草，错不了。

我确认了那棵草的触感之后，身体和那棵草接触的地方溶解开来。我一开始还很担心自己的身体会溶解掉，不过看来溶掉的只有那棵草。

那棵草溶解后进入了我的身体，我感觉自己吸收了那棵草的成分。

第一章
最初的朋友

看来我溶解并吸收了那棵草。也就是说,我这副身体不是用嘴,而是通过接触的部位把草吸收了。顺带一提,完全没有味道。

这意味着……应该是这么一回事。
看来我已经不是人类了。这一点应该错不了。
这么说来,我应该已经被刺死了吧?
可以说这已经确信无疑了。如果是这样,那我此时不在医院,而是在有岩石又长着草的地方也就说得通了。
田村怎么样了?
泽渡小姐呢?
我的电脑已经被彻底破坏了吗?
疑问一个接着一个。不过,事到如今再怎么担心也无济于事。我现在必须考虑今后的问题。
这样的话,我现在的形态果然——
从刚才的触感来看……
我再次将注意力转移到自己的身体上。
噗哟!噗哟!
我的身体运动时很有节奏感。
我在一片漆黑之中慢慢确认自己身体的轮廓。
这是怎么回事!
我原本那么帅气,那么有男子气概,现在却变成了这种流线型的优雅风格!
不可能!我绝不承认!
感觉到自己身体的轮廓之后,我总会不由自主地联想到那东西。
不,毕竟,那个……

关于我变成史莱姆这档事 1
Regarding Reincarnated to Slime

这样子也不讨人厌吧？嗯。这也有可爱的一面！

不过，如果问我想不想变回自己的样子，我想九成的人想法都和我一样。

不过，我也只能认命了吧……

看来我的"灵魂"变成异世界的魔物。

这简直是天方夜谭，发生的概率微乎其微……

我变成了史莱姆。

*

啊呜啊呜！

啊呜啊呜啊呜！

我在吃草。

为什么？那还用说吗！

当然是因为太无聊了！

从我不情愿地承认自己是只史莱姆到现在应该有不少日子了。我不清楚到底过了多少天……因为我在一片漆黑之中完全感觉不到时间的变化。

在这段日子里，我深刻地认识到史莱姆的身体其实很方便。既没有饥饿感，也不会困。也就是说，我既不用吃饭，也不用睡觉。

我还弄清了另一件事。

虽然不清楚我在什么地方，但是这里好像没有其他生物。因此，也没有东西会威胁到我的生命……可是，我每天都闲得要命。

在这期间，那个奇怪的声音再没出现过。这时候，我陪它玩玩倒也无妨。

所以我现在只能吃草。

这是我唯一能做的事。因此，我就靠吃草来打发时间。

现在我的感觉更加清晰，能感觉到我把草吸收后，在体内分解得更彻底，并将草的成分储存起来。

不过，这一切毫无意义。

我之所以这么做只是因为我害怕，如果不找点事做的话，我会疯掉。

我最近开始习惯了，吸收、分解、储存……周而复始。

这循环中有件不可思议的事——我至今从未有过排泄行为。

如果史莱姆不需要排泄的话，那么，我所储存的东西都在哪里？

我感觉自己的形态没什么变化。

我所储存的东西都在哪儿？

"说明。它们都存放在专属技能'捕食者'的胃里。此外，现在已使用的空间不到1%。"

什么？回答我了！

可是，我什么时候使用了那个技能？我之前的选择明明是NO！

"说明。您未使用专属技能'捕食者'。根据设置，您吸收进体内的物质会自动存放至胃里。该设置可随意更改。"

什么？说话变流利了啊。等等，先不管这事……

那使用技能会有什么效果？

"说明。专属技能'捕食者'的效用是——

第一章
最初的朋友

"捕食：将目标吸入体内。但在目标意识清醒时，成功率大幅降低。技能目标不限于有机物、无机物，还包括技能、魔法。

"解析：分解、研究已吸入的对象。尝试制作道具。物质条件齐备时甚至可以进行复制。成功解析式式后能学会吸入的技能、魔法。

"胃：存放捕食对象。此外，也能保管通过解析而产生的物质。存放在胃中的物质不受时间的影响。

"拟态：重现已吸入的对象，可使用吸入对象同等的技能，但仅限于成功解析信息的对象。

"隔离：存放无法解析的有害效果。令其无法生效，并将其还原为魔力。

"以上五项即'捕食者'的主要效用。"

嗯……嗯？

这段说明让我激动了好一会儿。这技能好像非常强啊……史莱姆这种低阶魔物绝对不可能会有这种技能吧。

等等，还有个更重要的问题，为我解释这些的声音是什么？这里还有别人？

"说明。这是专属技能'大贤者'的效用。由于您已完全掌握该技能，所以该技能可以迅速做出反应。"

大贤者吗……我之前还感慨自己被人嘲笑，现在倒是觉得这技能很可靠。今后也依靠这项技能吧。

话说回来，在目前这种状况下，这技能完全没有意义。

如果要消除这看不到尽头的孤独……

说不定这个"声音"是我自己创造的幻听。不过这样也好。
我已经很久没有这么轻松过了。

*

我变成史莱姆到现在已经过了九十天。
准确地说是九十天零七小时三十四分五十二秒。
我之所以能如此肯定,是因为有专属技能"大贤者"的补正效果。
啊——这项技能太方便了。有困难就找"大贤者",它能回答我的任何疑问。
根据"大贤者"的说明,我花了九十天让灵魂完全掌握技能。不过,这项技能原本不会用语音回答问题,但为了解答我的疑问,技能进行了自我改造,调用了"世界通知"部分职能。
一般而言,"大贤者"技能本来没这么方便,它不会用直达内心的语音来回答我的疑问。它原本只是在世界发生改变或在获得进化技能等情况下用"世界通知"发出语音提示。
据说技能的获得和进化并不是什么稀疏平常的事,某种成长得到世界认可时偶尔才能够获得"能力(技能)"。"进化"更是与普通人无缘。
虽然我完全不懂这是什么意思,但事情就是这样。
尽管"大贤者"能回答我的问题,但这终究是种被动行为,它没有自我意识。
它只会回答我的问题,不会主动向我提问。这点倒是让我有些遗憾。
不过,即使只能单方面地发起对话,我也很开心。
我竟然能和自己的技能说话!要是我在原来的世界做这种事情

第一章
最初的朋友

只会换来一句"原来是妄想啊,您辛苦了"……

我现在在一片漆黑之中无事可做,于是就不断地提问。

最终,我完全确定了自己是只史莱姆。

我不需要进食和睡眠的原因也清楚了。

这个世界的史莱姆如果可以吸收魔素,就无须摄取食物。在魔素浓度低的地方,史莱姆会吸收魔物或小动物以补充魔素。

因此,在这个世界里,生活在魔素稀薄的地方的史莱姆更凶暴、更强悍。这倒是很少见,一般来说应该是魔素浓度越高的地方生活的魔物越强。

也就是说,这里的魔素浓度较高,我无须进食。

至于睡眠的问题,"大贤者"的解释是:

"说明。史莱姆的身体是同一种细胞的集合体。这些细胞,既是脑细胞也是神经,同时也是肌肉。因此,细胞可以轮流在思维运算和休息状态间切换,无须睡眠。"

我的记忆保存在哪儿呢?

也许我的记忆同时保存在不同的细胞中,就像电脑硬盘的磁盘阵列一样?

想到这里,一个声音答道:"差不多是这样。"

"大贤者"这家伙补充得很及时嘛。

"大贤者"这技能真是深得我心,它的效果有五项。

思维加速:将感知理解速度提升至千倍。

解析鉴定:解析、鉴定目标。

并行计算：能独立解析，不会影响思考。

舍弃咏唱：使用魔法时无须咏唱咒语。

森罗万象：网罗世上一切未被隐藏的事物现象。

森罗万象？那我岂不是不费吹灰之力就能得到一切知识？！虽然我想得挺美……

事实上，这项技能只能向我揭示我所接触的情报中我能理解的事物的信息。

看来这项技能似乎只能解析我有所了解且能够理解的事物。

然后是舍弃咏唱。如果我学会魔法的话，不用咏唱就能直接施放？话说回来，原来真的有魔法！

答案是YES。

知道这件事后，我迫不及待地想要学习魔法。

虽然我也知道不可能，但仍试着对"大贤者"使用这项技能，结果和我预想的一样没有效果。

不过，我的脑中突然闪过一个想法：能将"大贤者"的并行计算与"捕食者"的解析连接，让二者共同发挥作用吗？

"说明。可以将'大贤者'的并行计算与'捕食者'的解析连接。是否进行连接？ YES/NO"

当然选YES！不过，我好像没有要解析的东西，等等！

据说我之前打发时间时吃的草存放在胃里。就解析它吧？

反正也没其他事，就试着解析一下那些草吧。

那就赶紧行动。

……

第一章
最初的朋友

"解析完毕——

"希波库特草——伤药的原材料。只有在魔素浓厚的场所才能繁衍。将草的汁液与魔素融合，可制成回复药。将叶子捣碎并和魔素融合可制成外敷伤口的软膏。"

什么？我无聊时储存的杂草是……

这真是福从天降。

我立即着手制作回复药和伤药。话虽如此，但不费吹灰之力就能在身体内部生成这些道具实在缺乏真实感。只要数秒就能做出一个，解析不到一秒，制作时间也不到三秒，五分钟就能做出一百个。

由于没有参照物，我无法判断品质，不过鉴定的结论是"上品"。

应该算做得不错吧。话说回来，无论是解析还是制作都非常快。询问之后，我得知通常这个过程要耗费更多时间。看来，我连接并行计算是个正确的决定。

我解除连接，试着制作了一个，结果花了五十分钟。

这加速效果真是可怕。

看来，我无意中得到了一组相性很好的技能……

我发现这里生长的几乎都是希波库特草，少有杂草。

于是，我便开始捕食，我决心把这里的草全部吃掉以备不时之需。

与此同时，我的胃也在不停地制作回复药。

毕竟我现在身处一片漆黑之中，也没有其他事可做……

此时，我彻底放松了警惕。

有了可以说话的对象之后，我便忘乎所以了。尽管这个对象只是我的技能，而且只会被动地回答问题。

在这九十天里，我完全没有发现其他生物的蛛丝马迹，更没遇到过生命危险。这大概也是原因之一吧。

不管怎么说，我放松了戒备。

就那么一瞬间，我遇到了意外状况。

我的身体时轻时重……变得非常不稳定。

难道……我落水了？

在这九十天里，从来没有水滴落到我身上。所以，我判断自己在淋不到雨的洞窟或者室内，因此从未考虑过落水的可能性。

我悬浮在不知是河流还是什么的水中，随波逐流，缓缓下落。室内应该不会有河，那我现在应该是在洞窟里的地下河或者类似的地方吧……

这里一片漆黑，看不到周围的状况，我之前一直小心翼翼地摸索着移动。

可是，听完技能的解说之后，我忘乎所以地不断用"捕食者"技能吃草，结果忘了确认脚下。

我这人总是这样，稍不留神就忘乎所以，最终把事情搞砸。

工作上也一样，我答复客户时经常不经大脑就说出"请交给我！小事一桩！"之类的话，好几次因轻易揽下工作而身陷困境。我至今仍忘不了后辈们那怨恨的目光。

我想劝诫自己："哪里会有人傻到在一片漆黑、看不到四周的情况下瞎跑？"如果想保住小命的话就要好好劝劝自己。

不过，估计我还是老样子，后悔归后悔，但却不会改正……

话说，我还真从容啊。

第一章
最初的朋友

不过我没有手脚,现在连挣扎都做不到,这就是现状……

结束了。

真是短暂的人生,不对,是史莱姆之生。

我准备好迎接即将到来的窒息感。

……

我没有窒息。

为什么?难道我没掉进水里?

有困难就找"大贤者"。

"说明。史莱姆只要有魔素就能行动。因为不需要氧气,所以无须进行呼吸。"

这么说来……我之前一直没注意到自己没有呼吸。

原来如此——这九十天,我学了一个新知识!不对,现在可没工夫优哉地发表感言!

毫无疑问,我已经落水了!

虽然我没有生命危险,但也没有脱困。

我该怎么办?

我现在是浮在水中还是正在下沉?

我没有手脚,游泳是不可能的。

如果能沉到水底的话,我是可以一路爬回岸上,还是会一直漂在水中随波逐流?

我感觉自己没有被水冲走,只是在水中有节奏地摇摆。这感觉就像身在母亲微微晃动的怀抱中,非常舒心……

这里的水没有流动。看来这不是河流,应该是湖泊之类的地方。

关于我变成史莱姆这档事1
Regarding Reincarnated to Slime

因为我感觉到自己没有被冲走。我在水中忽上忽下地漂着，看来也不会落入水底。也许我会这样永远漂在水中。这可是非常事态。

我该怎么办？

这时，我的脑细胞（也就是史莱姆的身体）想到了一个可怕的计划！

我大量吸入这些水，然后再像喷水推进器一样把水吐出来，这样一来，我就能进行移动了吧？

说干就干。反正我也没别的办法……

总之，先往"捕食者"的胃里装一些水，然后再增加压力，一口气把水喷出来。

毫无解放感。

"已获得技能'水压推进'。"

突然，一个声音在我脑中响起。

这就是"世界通知"吧。这是我意识到这件事以来第一次听到。

"大贤者"不会主动和我说话，所以这肯定是"世界通知"，这二者的声音简直一模一样。

不过，我现在自顾不暇，没有闲情去验证这事。

随着水压的增加，我也感受到了压迫感。我的身体以冲天之势飞速向前射出。速度十分惊人。

老实说，眼睛这时候看不见说不定是件好事。

在一片漆黑之中，我感觉到自己的身体以惊人的速度移动着。

订正。如果能看到的话，看着这一切可能还没有这么恐怖……在只有感觉、什么都看不到的情况下，恐惧感成倍增长。

第一章
最初的朋友

在黑暗中乘坐过游乐场过山车的人也许能稍稍理解我的感受。

这让我想起了在原来世界的经历。我当时在一个被老鼠统治的游乐园里进行野外教学。不过,这一次可完全没有安全装置。

我竟然会想到喷水推进器,我真想一拳把自己干倒。

说干就干?太蠢了!确认安全状况是基本啊!

这种恐惧感让我无法集中思考。

我仍在加速,这要持续到什么时候……话说,我喷水的势头到底有多猛啊?

我正想着,突然身体猛地弹起来。接着,一股剧痛向我……没来?

咦?看来我没有受到伤害……或者是,受到了伤害但不会痛?

"说明。因为您拥有'痛觉无效',所以没有痛觉。'物理攻击耐性'已生效,所受伤害降低。身体损伤率为一成。魔物'史莱姆'的固有技能'自我再生'已发动。是否使用'捕食者'进行辅助? YES/NO"

我只是没有痛感,但依然受到了伤害。原来是这样……虽然不知道这是好是坏,不过没有痛觉应该也没什么,多留意自己的身体就好。

使用"捕食者"进行辅助?也不知道这有什么效果,总之先选"YES"。

我感觉自己身体的一部分一瞬间消失了。过了一会儿,又慢慢恢复到正常的大小。

看来我把受到伤害的那部分全部捕食掉,然后再进行解析、修复。

这身体也太方便了吧……不如做个实验？看看这副身体要受到多大的损伤才会陷入无法行动的状态。好像不管这副身体剩下多小都能正常活动……不过感觉继续吞食自己的身体会有危险，还是适可而止吧。

嗯，我也变谨慎了。

虽然我有大量回复药，不过这次没用上。

一成的身体损伤应该算得上重伤了，不过我发现自己能够完全恢复。下次受到伤害时试试回复药的效果吧。

话说回来，这到底是什么地方？

确认自己的身体现在完好如初后，我开始查看周围的情况。

我不能确定这附近有没有危险的魔物。

我先是落水，然后又冲出了水面，也许我来到了一个新的区域。虽然我之前所在的区域没有魔物，但这里栖息着不能渡水的魔物也不算奇怪。

我的行动开始变得谨慎。

感觉最近每当提到谨慎二字，我都会身陷险境。这一定是我的错觉吧。

也许我不该这么想……

（能听到吗？小家伙。）

我听到了一个声音。

*

小家伙？算了，这里除了我还能有谁……

比起声音，这更像是直接传进我心里的话。

因为我没有耳朵，所以也听不到声音。

第一章
最初的朋友

（喂！你能听到吧？回答我啊！）

我能听到啊！

可是，我没有嘴巴，你要我怎么回答？

我试着在心里回了一句："吵死了，秃子！"

反正他也听不到，没事的。不过，我到底要怎么回答他呢……

（吼……吼吼。竟然叫我秃子……你胆子不小嘛！我这里很少有人光顾，难得有个家伙狼狈地从下面跑出来，不过看来是来找死的！）

糟了！竟然被听到了。没想到竟然可以通过思想来回答！如果他事先告诉我的话，我也不会惹怒他了。

而且我完全不清楚对方是个怎样的家伙。

毫无胜算。我投降。

这时候还是老老实实地道歉吧。

（对不起！我不懂该怎么回答，所以就随便乱试，我是无心的。非常对不起！而且我的眼睛看不见，连你长什么样都不知道。）

他会听吗？说起来，哪有人会在不知道对方长相的情况下骂人秃子。万一他真是个秃子的话，不会被激怒就有鬼了。

（呼呼呼！呼哈哈！呼哈哈哈哈哈哈！！）

突如其来的大笑。

抛开常识，活用三段笑。干得好。

他消气了吗？

（有趣。我还以为你是看到我才这么说的，原来你看不到啊。史莱姆族基本不会思考，只会不断地吸收、分裂、再生，是低级魔物，极少离开自己的栖息地。）

他说话了？好像没有生气，话里更多的是……好奇？

关于我变成史莱姆这档事 1
Regarding Reincarnated to Slime

毕竟这是第一次接触。这是我崭新人（史莱姆）生的第一次对话。我要友好地朝对我有利的方向引导。

（看到史莱姆出现在这一带，我觉得很不可思议。而且你的再生速度也异常得快，你是持名魔物，还是特异魔物？）

命名？特异？我听不懂啊。

（抱歉。我听不懂你的话。今天是我来到这世界的第九十天……）

（哦。从你拥有自我意识之时起，你就不是一只普通的史莱姆了。被人给予"名字"的魔物叫作持名魔物。不过出生才九十天的魔物不可能是持名魔物。那是特异魔物吗？）

（特异魔物是……）

（特异魔物指的是因突然变异等原因而拥有异常能力的个体。偶尔会出现在魔素浓度较高的地方……知道了，你是从我泄露出的魔素块中诞生的！）

嗯？喂，这是怎么回事啊？

动用以前的所有知识好好想想吧。

也就是说，这个大叔（暂定）会泄露出魔素，所以这附近的魔素浓度较高。

那些魔素聚集之后诞生的魔物是史莱姆，也就是我。是这样吗？

（嗯。这三百年来从没有魔物接近我。但如果是从我的魔力中诞生的魔物，自然可以接触到我！）

（呵呵……这么说来，你就像我的父亲一样？）

（我不是你父亲……而且我连生殖能力都没有。魔物种类繁多，不是所有魔物都有生殖能力的。）

（一般都有生殖能力吧？不过，如果魔素能产生魔物的话，生

第一章
最初的朋友

殖能力也就可有可无了吧？）

（你智商很高啊。一般魔物很少有思考能力，拥有智慧的魔物只有"魔人"……）

他开始了漫长的说明……

首先，最重要的一点是，我确认了这个世界也有人类。

和人类相似的种族称为亚人。亚人有生殖能力。

精灵、半妖、矮人虽然是妖精族的末裔，但他们站在人类一方，是人类的一员。

还有哥布林、半兽人和蜥蜴人等，由于他们与人类敌对，所以被视作魔物。他们只是与人类敌对，但可以进行异种交配。

接下来是魔人。产自魔素、魔物的突变种以及由动物、魔兽进化而来的物种统称魔人。特征是拥有智慧和生殖能力。

巨人族、吸血鬼族和恶魔族等长寿种族是具有代表性的高阶魔人。他们拥有生殖能力，但极少繁衍后代。他们的身体拥有压倒性的魔力，且不会衰老，所以没必要繁衍后代。

拥有智慧和生殖能力，且与人类敌对的物种统称"魔族"。

按照我的理解，魔族不仅与人类敌对，还拥有压倒性的力量，让人类生畏。不管怎么说，至少可以肯定双方正在争夺生存空间。

这些魔物按照危险程度区分等级。

其中，高阶魔人非常危险。

有的高阶魔人仅凭一己之力就能毁灭一座小镇。没人愿意靠近这种级别的家伙。

漫长的说明还在继续。他提到了高阶魔人曾经的战斗，等等。

最后，他向我讲述了他自己的事……

（我没有生殖能力是因为……我不需要。我是"完全个体"，是仅有的"四柱龙种"之一。我就是"暴风龙"维鲁德拉！我没有寿命，也没有肉体！只要有意识，我便永远不灭！呜啊——哈哈……）

他高声笑着……

简而言之，他有无限的寿命，所以不需要繁衍后代！是这样吧？

为我做了这么多说明，真是难为他了。不过，有件事我可不能当作没听到。

"暴风龙"维鲁德拉是龙吗？

感觉他能和高阶魔人打打闹闹，难道是个厉害到没边的家伙？

我动用以前的所有知识进行思考，结论是眼前这个"暴风龙"维鲁德拉肯定是个不得了的家伙。

他无比详尽的说明让我感到有些毛骨悚然。

那现在怎么办……

（原……原来是这样啊！你的说明非常好理解，谢谢！那我告辞了！）

说完这话，我开始尝试逃离这里。

（等等，我把自己的事都告诉你了。现在该轮到你了吧？嗯？）

果然，他不想放我走……

哦——他想听我的事。"我是从异世界来到这里的！"——他不会轻易相信这话的吧？他已经知道我这个史莱姆的智慧很高，对我有所怀疑，随便编个理由可糊弄不过去。最重要的是，如果他发现我骗他，我的小命就难保了。

还是算了。等他不相信的时候再说。

我决心说出之前的事。

……

第一章
最初的朋友

（事情就是这样！我超惨的！）

我隐瞒自己拥有技能的事，把从被歹徒刺中开始到变成史莱姆在这个世界醒过来，直至现在的经历说给他听。

真是不可思议，我所述说的经历听上去似乎也不怎么艰辛……但真的非常艰辛。

眼睛看不到是最痛苦的。

今后即便我与可爱的女孩子或漂亮的姐姐擦肩而过，我也无法察觉了吧？

我越想越伤心。

（嗯，你果然是"转生者"。你转生的方式还真是不一般的罕见啊！）

（咦？罕见的转生方式？而且，你怎么对我这转生者既不怀疑也不吃惊？）

他这反应是怎么回事？

转生者其实并不罕见？他说我转生的方式很罕见？

（这世界偶尔会出现转生者。意志力较强的人，灵魂好像会保留记忆。也有人完全不记得什么前世的事。不过，来自异世界的"转生者"倒是很罕见。通常来说单凭灵魂穿越世界的话，灵魂会被分解，记忆也会消失，一般人无法承受。据我所知，完全保留记忆并且通过魔素转生为魔物来到这个世界的例子前所未有。你非常特殊。）

看来，来自异世界的转生者通常只能保留一点记忆的片段，而我却保留了完整的记忆，看来我算是异端中的异端。不过，现在这事无关紧要。

他刚才提到了一件让我无法无视的事。他提到"单凭灵魂"之类的。那么，除了我之外，还有肉身穿越到这个世界来的人吗？

（是这样吗？我完全不懂……那么，除了我之外，还有肉身直接从异世界过来的人吧？）

（嗯。没有成功穿越到异世界的例子。不过，偶尔会有从异世界来到这边的人。他们被称为"异邦人"或者"异世界人"，他们似乎掌握着这个世界没有的特殊知识。据说这些人在穿越世界时会获得特殊技能。还有，刚才我说过有掌握异世界知识的转生者，关于这一点，存有明确的记录。也许也有未被记录的人。）

原来如此。虽然不清楚这个异世界是不是我之前所在的地球，不过会会这些人应该也不错。说不定还能见到日本的同乡。

既然我现在没有任何目标，那给自己定个目标也不错。

（原来是这样！那我要去寻找那些异世界人，我想见见他们。说不定还能见到我老家的熟人！）

（别急。你不是看不见吗？）

（啊，是的。）

眼睛看不见又怎么样？

虽然不方便，但只要努力活下去，我总有一天会遇到他们的。大概……

（我来给你视觉吧。）

哈？为什么？

喂喂，这个大叔，不对，是"暴风龙"维鲁德拉人（龙）也太好了吧？

我的期待不会落空吧？

（咦？真的吗？）

（嗯。不过，我有条件……怎么样？）

条件……吗？虽然很可疑……

第一章
最初的朋友

（是什么条件？）

只要别太过分，我都同意。

（很简单。你恢复视觉之后别畏惧我。还有，你要再来找我聊天。仅此而已。这条件很合算吧？）

这样就行？

话说回来……也许这头龙很寂寞。这就是强者的孤独吧？

怪不得他话那么多，估计有很长时间没人跟他说话了。

也许这头龙很单纯。

不，也许只是我一厢情愿地认为他是龙。也有可能在这个世界，龙本来就没什么大不了的。

呼。这笔交易好像很合算。

（只要这样就行了吗？）

（嗯。其实，我在三百年前被封印在这里。从那时起，我就闲得发慌。怎么样？）

（如果你只有这点要求的话，我自然求之不得！）

（嗯。那就约好了，你要守约啊！）

（没问题！别看我现在是这副模样，以前的我可是公认的值得信任的男人！）

当然，这是我自封的。

（那好。你会用"魔力感知"技能吗？）

他说什么啊……我会用才怪。

（我不会用。这技能有什么效果？）

（这项技能能感知周围的魔素。这也不是什么大不了的技能，只是辨识周围的魔素而已，很简单就能学会。）

（哦……好像很简单嘛。）

（嗯。对我来说使用这项技能就和呼吸一样自然，都不需要刻意施放。）

（原来如此！那学会这项技能后，我就能看见了吗？）

（没错。这个世界笼罩在魔素之中，不过浓度有所不同。你知道光线和声音都具有波的性质吗？）

（嗯，就是光波和声波吧。）

（你很清楚嘛。这是异世界的知识吗？言归正传。那些波会扰动魔素，观测魔素的状态可以由此推演出周围的情况。很简单吧？）

哈？他在说什么？

这家伙……说什么玩意儿。这哪里简单了！

（我有种似懂非懂的感觉……）

（什么？学会这个的话，即便眼睛或者耳朵受重伤，你也能继续战斗哟。还能防范偷袭，这可是必备技能哟。）

（不……现在先别管什么战斗，我只想拥有视觉……）

（真拿你没办法。我帮你学会它。顺便提一下，我只知道这一个方法。）

（我说，我真能做到吗？！我只是刚出生的新手啊！）

（放心吧。好在你还保留着以前的记忆，不是吗？从刚才的话来看，你知道光线和声音的知识。如果没有这知识，估计连我也帮不了你。你运气不错哟。）

原来如此，向没有视觉的人解释世上的情况是很难的。

我可没办法让对方理解。

据说海伦·凯勒的老师教她说话也是，如果不是她在两岁前记住了一些话，她老师也无从下手。

也就是说，正因为我拥有原来世界的知识，我才有办法使用"魔力感知"技能模拟视觉和听觉吗……

不学不行啊。没有视觉太不便了。

而且，我差点忘了，我还有"大贤者"。

这项技能一定会帮到我的。

（请务必教教我！）

（你也太有干劲了，这个非常简单哟！你先尝试用体内的魔力催动魔素。）

这个我好像会。喷水的时候，我靠的大概就是这个。

（是这样吗？）

我用力推动魔素，慢慢引导魔素在我体内循环。我感觉到有东西在我体内运动。这就是所谓的魔素吧。

我之前水操纵时还没注意到，似乎可以通过调整力量来调节威力。事实上，我并不是直接操纵水，而是操纵水中的魔素。

估计我所用的力量是魔力，被催动的是魔素。我边催动魔素，边确认这个推测。

（嗯。这个过程比我预想的要顺利。你知道你催动的魔素和你身体外的魔素有什么区别吗？）

这好像也很简单。

据说我靠吸收魔素维生，所以一直都能感觉到。我运气似乎真的很好。

（我知道！毕竟我是靠吃那些魔素维生的。）

（呵呵呵。既然你连这一点都能理解，那之后就简单了。现在只剩下感受体外魔素的动向而已。）

这个我就不懂了。

总之先按他说的去感受体外的魔素。

我感觉到四周飘荡着魔素。魔素的运动状态变化多端……
对了,启动"大贤者"。

"确认完毕。已成功获得高阶技能'魔力感知'。是否使用高阶技能'魔力感知'? YES/NO"

嗯?这么轻松就学会了?
不用说,肯定选 YES……真不愧是"大贤者",太可靠了!
使用高阶技能"魔力感知"后,我的脑海里瞬间塞满了各种信息。如果我还是人类的话,应该来不及处理这么多信息吧。我完全掌握了庞杂的信息(推动一个个微小魔素的光波或声波),并把它们转化为易于理解的信息。

人类的视野只有正面不到一百八十度的范围。现在,我拥有三百六十度无死角的"视野"。我把意识投向岩石的背光面和百米外的远方,那些地方的状况也一览无遗。

人类承受这么大的信息量,可能会导致大脑烧毁而发疯。
不过,我是史莱姆,我的每一个细胞都一样,既是肌肉也是脑细胞。
我总算承受住了。这时——

"正将高阶技能'魔力感知'与专属技能'大贤者'同步……已成功。今后将由'大贤者'管理全部信息。"

我突然有了视野。刚才那种大脑快要过载的感觉消失了。
我能"看到"世界了,这感觉非常自然,似乎之前那种什么都

第一章
最初的朋友

看不到的状态才是不可思议的。

也许"大贤者"强得太过分了,说是外挂也不为过。

如果掌握这项能力的是其他人,我一定会愤慨地大喊"犯规",不过这是我的能力,那我当然不会有意见。

(啊,我能感受到了。谢谢!)

说完,我把目光投向眼前的"那位"。

我面前是一头货真价实的龙。

他身上冒着黑光,身体似乎比钢铁还硬,身上覆盖的鳞片似乎还能兼顾灵活性……这造型看上去有点邪龙的风格……

(啊,是龙!)

他的样子远比我预想的要邪恶。

我从心底发出尖叫,不过这也在所难免。

*

他的样子吓了我一跳。

对不起,我不该把你当成单纯的家伙。毫无疑问,这情况不妙。一定错不了。

巨大的身躯闪着黑曜石般的光泽。他的样子和西方的龙很像。

他的爪子上有六根趾,上面的利爪似乎能贯穿一切。背上长着大小两对翅膀,末端的尖刺犹如能刺穿万物的利剑。

细看之后,我发现他身上的鳞片散发出凶煞的淡紫色妖光。那漆黑的闪光似乎是他发出的妖气和这紫光混杂的结果。

他高傲的威仪有种妖异的美感。

第一章
最初的朋友

我之前因为看不见，对他较为无礼，现在后悔也于事无补。

顺便说一下，我的身体和我想象的一样，是椭圆形，和麻薯差不多。

至于颜色，差不多是月白色，也就是颜色略深的苍白。

尽管这颜色中透着一丝文雅的气息，但我只是只史莱姆，真是可悲的现实。

（喂，你记得我们的约定吗？话说，虽然你没少抱怨，但学得很轻松嘛……）

（当然了！那只是一个小小的玩笑。我不仅能看到周围的情况，现在连声音也能听到，实在太棒了！）

（哼！不过我没想到你这么快就能学会……）

看来我不会有事。

这头龙虽然外表吓人，但却很亲切。

最重要的是，这头龙确实非常寂寞。

也许他是外表吓人内心柔软的类型？就像故事中的"哭泣的红鬼"一样。

（那你接下来打算怎么做？）

（是啊——总之，我想先找找看有没有同乡的异世界人。不过就算找不到也没关系。）

能找到当然更好，但也不知道对方是敌是友。

更重要的是，既然我好不容易获得了视觉，那满世界看看也不错。能感受到光和声音之后，世界变开阔了。

这样一来，我终于可以告别靠吃草打发时间的生活了。

不过，这头龙……

虽然越看越邪恶，却一动也不动。

说起来，他好像说过自己在三百年前被封印了？

（话说，维鲁德拉曾说过被封印之类的话？）

（嗯？是啊。我当时有点轻敌……虽然在中途使出了全力，但还是输了！）

从这语气来看，这头龙好像觉得自己输得挺光荣。

事实上，先不说魔法，这头龙应该不会把区区刀枪放在眼里……

（你的对手竟然那么强？）

比这种怪物还强的家伙有很多吗？

说不定外面的世界充满了危险，没我想得那么简单！

（嗯。非常强。那人拥有"加护"，是人类的勇者。）

勇者。

好熟悉的词，这类角色经常出现在各类游戏中。

最近的作品多把勇者塑造成送分童子般屡战屡败的角色，所以在我的印象中，勇者没有压倒性的力量。

看来这世界里的勇者非常强。

（说起来，勇者曾自称"召唤者"。也许是你同乡。）

（嗯？不会不会，如果勇者是我同乡的话，就不会那么强了。）

（不，来这个世界的"异世界人"一般都拥有特殊技能。这是穿越世界时铭刻进灵魂的技能。而召唤者必定拥有特殊技能，而且拥有的是个人独有的"专属技能"。因为召唤者和偶然穿越来的"异世界人"不同，他们拥有能承受召唤的强韧"灵魂"。其证据就是召唤成功的案例极少。）

（说到召唤，那应该是魔法之类的东西吧？）

（对。这需要三十多名魔法师耗费三天举行仪式。虽然成功率很低，但一旦成功便是一件强大的"武器"，效果值得期待。）

第一章
最初的朋友

（哈？武器？）

（嗯。因为召唤者的灵魂中有用魔法刻印的诅咒，无法违抗召唤主。）

（竟然有这种事？这岂不是无视被召唤者的人权？！）

原来如此……以我原来的世界的眼光来看，被召唤到这个世界是件难以接受的事。

（那"异世界人"受到的待遇就像奴隶一样？）

（不，这因人而异。他们没有受到"支配禁咒"束缚，所以我估计只要他们不违抗召唤主，就能过上普通的生活，或者成为冒险者。事实上，我曾多次击退来讨伐我的"异世界人"！哈哈哈哈！）

（就是说，只有在被召唤的时候才要被强制劳动吧……）

（这应该不是劳动……嗯……好像感觉差不多？虽然我很了解人类，但也不是知晓一切。）

（说得也是啊……毕竟你是龙。）

不如说这头龙也太了解人类了。

不管怎样，这头龙好像很高兴能有机会说话，所以什么事都愿意告诉我。那之后，我继续和这头龙维鲁德拉聊了一段时间。

和勇者战斗过吗？

勇者有多强？

雪白的皮肤。

鲜红的樱桃小嘴。

银黑色的长发扎成一束自然下垂。

个子不算高，体形小巧纤细。

虽然戴着面具看不到长相，但从维鲁德拉的描述来看肯定是个美女。

勇者是女性。

听到我问："你是被她迷住才输的？"维鲁德拉怒吼道："开什么玩笑！"

据说她没拿盾牌，用的是带弧度的特殊的剑，这把武器叫作太刀。

专属技能"绝对切断"。

专属技能"无限牢笼"。

维鲁德拉说勇者通过这两项技能和各种魔法"取得了压倒性的胜利"。他说这话的时候好像很开心。

从话里可以看出这头龙好像很喜欢人类。尽管打心眼里看不起人类，但从未有意杀死袭击他的人。只要那些人不触碰他的逆鳞……

据说在三百年前发生了某件事，他把整个街区轰得灰飞烟灭。

就是因为这事，他才会被勇者盯上，最终被封印。

封印他的是勇者用专属技能"无限牢笼"。

我不懂龙的感受。即便是他人的感受，最终也只能想象，没法真正了解。但我认为这家伙不是一头恶龙。

因为我喜欢他，现在也不会再对他感到害怕。

（好！那您……不，你能做我的朋友吗？）

等等，不……这话太让人害羞了。我的脸变得火辣辣的。

（什……什么？区……区区一只史莱姆，竟然不畏惧我"暴风龙"维鲁德拉，说要和我做朋友？！）

（没……没关系，如果你不愿意就算了……）

（蠢货！你！我又没说我不愿意！）

（呃，是吗？那就是说……你愿意？）

第一章
最初的朋友

（……是啊……如果你真那么想和我做朋友的话……我倒是可以考虑一下……）

总觉得他一直在偷偷瞄我。

如果是可爱的女孩子倒是不错，但一头外表邪恶的龙对我做出这样的举动……一点也不会感到高兴。

不过倒是很有趣。

（我真的非常想和你做朋友。我决定了！如果你拒绝的话，我们就绝交。我不会再来这里！）

（等等！真拿你没办法。我就做你朋友吧……感谢我吧！）

哼。这头骄傲的龙。不过，我也差不多，我们算是半斤八两吧。

（那请多关照！）

（请多关照！对了，我给你起个名字吧。你也给我起个名字。）

（哈？什么？你怎么突然——）

（这是在灵魂中烙下平等的印记。用人类的话来说，就和姓氏差不多，不过我给你的名字同时也会成为你的"加护"。你现在还是"无名魔物"，所以这样一来你也会成为持名魔物中的一员。）

嗯嗯。

也就是说，要我想一个姓氏（也就是和这头龙共有的名字）吗？不过，这头龙给予我名字之后，我似乎也会成为持名魔物。既然这样，我就想想看吧。虽然我的品味不怎么样……

（既然是暴风，就叫"特恩佩斯特"……怎么样？）

估计不行吧。

我只是觉得这名字很好听，而且暴风就是暴风雨，这样会不会太随便了？

（就是它了！这名字很好听。）

他竟然会喜欢！

（从今天开始我就是维鲁德拉·特恩佩斯特！而你……我授予你"利姆鲁"之名。你就叫利姆鲁·特恩佩斯特！）

这个名字刻印进我的灵魂。

我无论是外表还是技能都没有变化。

不过，我的灵魂深处似乎有某种变化。

现在我应该也可以叫他维鲁德拉了。

这样一来，我们就是朋友了。

那就准备出发吧。不过在这之前……

（在离开之前，我还有个问题，你解不开那个封印吗？）

（靠我的力量无法解开。用和勇者同级别的专属技能或许有可能解开，不过……）

（维鲁德拉没有专属技能吗？）

（我有。从被封印之时起就全部不能用了。我只能勉勉强强使用"念话"这一项技能……）

据说勇者的专属技能"无限牢笼"能把目标封进永恒的时间、无限的虚数空间中，令其无法对现实世界造成影响。果然是项不容小觑的技能。

在这种处境下，"只能勉勉强强使用'念话'这一项技能"的想法很奇怪。

这种封印不会随着时间的推移而变弱，而维鲁德拉不仅能感知到现实世界，还能使用"念话"影响到现实世界。即便只是这样，维鲁德拉也算得上反常了。

不用说，我和维鲁德拉都没注意到这件事。

（好。就试一次吧……）

第一章
最初的朋友

说完，我接触到维鲁德拉。

"使用专属技能'捕食者'捕食专属技能'无限牢笼'……失败。"

不愧是勇者的封印，望洋兴叹。

我发出炫目的闪光，使用专属技能进行干涉，但一瞬间就被弹了回来。

封印上出现了细微的裂缝，但也仅此而已。估计这裂缝马上就会修复。我原本只是想用与之相同的专属技能看看有没有办法。如果有办法的话，就不用大费周章了。

没有办法吗？

这时——

"说明。专属技能'无限牢笼'的一部分已解析完毕。现为您解说逃脱方法。

"肉体不可能逃脱该封印。通过物理伤害破坏牢狱的可能性为零。无法解析解除虚数空间后是否可以逃脱的可能性。该解析必须从内部开始执行，这等同于被关进'无限牢笼'，因此现在无法实行。

"意识体单独逃脱的可能性为1%。

"在外部准备附身对象供其转移的情况下，成功率为3%。被封印者与附身对象相性不佳时，记忆与技能会全部消失。

"脱离方法说明完毕。"

哦……

关于我变成史莱姆这档事 1
Regarding Reincarnated to Slime

成功率太低了。

专属技能"无限牢笼"看上去不过是层飘忽的透明膜状物——可是却不可能通过物理伤害破坏——它好像还兼具绝对防御的技能。

（我说，勇者会受到伤害吗？换句话说，勇者受过伤吗？）

（问得好！我的攻击几乎都被她躲过了，但有几次直接命中……可是全部没有效果。就连"呼唤死亡之风""漆黑雷光""破灭风暴"这些绝对无法回避的技能也没有作用。于是我便……笑着举手投降。）

维鲁德拉大笑着胡诌道。

估计勇者把专属技能"无限牢笼"披在自己身上，用以防护来自外部的攻击。这技能太好用了。勇者简直万能过头了。

专属技能"绝对斩断"。

专属技能"无限牢笼"。

同时拥有这两项技能的话，几乎可以说是无敌了吧？

真不想碰到这样的对手，不过她是三百年前的人。

她应该已经不在人世了吧……希望没问题。

毫无疑问，她处于最强的层次。

总而言之，逃脱的方法是找一个附身对象。

（你要逃离封印就必须要有一个附身对象，你的意识体似乎有可能单独逃离封印……）

概率过低的事就没必要特意说出来了。

如果维鲁德拉没有干劲的话，成功率可能会降低。

（嗯？有办法逃离封印吗？！其实……再过不到一百年，我的魔力就要见底了。因为我无法阻止魔素的流失……）

第一章
最初的朋友

（原来是这样——所以这一带的魔素浓度才这么高吗……）

（嗯。连高阶魔物也不来这里。而且土地上连草都没长吧？能在这里生长的只有稀有的植物！）

嗯。我想起了希波库特草的事。

那就是说，这里生长的几乎都是贵重的药草吗？

（那……既然这样，你就试着逃离封印吧？有附身对象的话，会提高成功率……你知道用什么当附身对象比较好吗？）

（恐怕就算只有意识离开封印，要聚集魔素，再次凝结成核也很困难。是你在牢狱上留下了裂缝才为我提供了成功的可能性吧。至于附身对象，如果能准备新的核，那我只要依附到那上面就行了。）

这家伙！我还以为他的脑袋不怎么好用，没想到理解能力这么强。

他顺利得出了和"大贤者"一样的结论。

（就是这样。如果有可能的话，我就想办法去找？）

（嗯。其实对我而言，核不是必需的……这可是秘密。我是特殊个体，是精神生命体，所以不必拘泥于这副肉体。我只是顺应周围的信仰，变出这个形态的肉体罢了。）

他又在说我听不懂的事。

没办法，我继续和他聊，直到我理解。据他所说……

他单凭意识聚集魔素，形成肉体。这次虽然只是肉体被困住，但在这种状态下，他无法凭借意识聚集外部的魔素。

那意识可以单独出来吗？他说因为没有容器，所以做不到。

据他说，意识单独离开身体后，会随着魔素扩散而彻底消失。然后会在某个地方诞生一头新的"暴风龙"。换句话说，虽然有可能逃脱，但意识重置变为另一个人就没意义了。

　　钻进死胡同了。那干脆用"捕食者"把维鲁德拉整个吞掉怎么样？
　　可以装进捕食者的胃里进行解析吗？可以把他隔离并在消除"无限牢笼"的效果后解放出来吗？

　　"说明。对象——维鲁德拉可收容至专属技能'捕食者'的胃里。"

　　可以这么做吗……
　　听了我的解释后，如果他愿意的话就试试吧。
　　再这么下去，他在经历百年的孤独之后，会面临灰飞烟灭的命运。
　　我向维鲁德拉说明了自己"捕食者"的技能，并告诉他我想试一试。
　　如果没有"大贤者"的补正，这原本是不可能成功的……
　　（哇哈哈哈哈！有趣，一定要帮我试试。一切听你指挥！）
　　（这么轻易就相信我，你不担心吗？）
　　（当然了！比起在这里等你回来，和你一起破解"无限牢笼"似乎更有趣！如果我们两人同心协力，说不定可以轻松破解"无限牢笼"！）
　　对啊。
　　两人一起，而不是独自面对——这想法不错。
　　我用"大贤者"和"捕食者"进行解析，维鲁德拉尝试从内部进行破坏。

　　由于在我的胃中，维鲁德拉也不必担心意识消散……这似乎可行。

　　（那我现在就把你吞进来，你要尽快从"无限牢笼"中逃出来啊！）

　　（呼呼呼！交给我吧！用不了多久，我们就能相见了。）

　　好！

　　我下定决心，触碰到维鲁德拉，开始进行捕食。

　　维鲁德拉巨大的身躯一瞬间就从我眼前消失了。

　　这太简单了。

　　我们之前一直在说话，他消失后，我感到很失落。

　　我吞食"无限牢笼"时，因遇到抵抗而失败，但把维鲁德拉整个吞下就没有遭到任何抵抗。毕竟我把"无限牢笼"也一起吞进去了，他当然不会抵抗。

　　没想到我能把那个巨大的身躯吞入胃中。

　　我的胃的空间使用量为25%？

　　它的空间到底有多大啊？

　　这时——

　　"是否对专属技能'无限牢笼'进行解析？ YES/NO"

　　靠你了！我祈祷般地念诵了YES。

●

　　这一天，世界震惊了。

天灾级魔物"暴风龙"维鲁德拉已确认消失。

维鲁德拉。特 S 等级（Rank）的魔物。

魔物和冒险者一样，用 A～F 六个等级表示。

有时，较强的会在评价等级后加"+"，较弱或者候补级则加"-"。

这是神乐坂优树重新制定的等级区分制度，传闻这个男人是"异世界人"，他位居自由组合的顶点，拥有"自由组合总帅"的称号。

此前的评价制度分为新人→初心者→中级者→上级者四个等级。新的制度更好理解，更容易接受。

S 级在 A 级之上，是魔王的级别。特 S 级又在 S 级之上，是"天灾"或"灾厄"级的魔物。

这两个等级在 A～F 六个评价等级之外，是超常规的存在。

即便是 A 级魔物，也有可能会让一个国家陷入存亡危机。

光是看这特 S 级的级别，那令人绝望的危险程度可见一斑。

虽说已在三百年前被封印，但维鲁德拉毕竟是天灾级魔物。

维鲁德拉会不会假装消失，然后重新降临到其他地方成为新的威胁？这谁也不能保证。

然而，在收到消失报告二十天后，西方圣教会宣布"暴风龙"维鲁德拉完全消失了。

鸠拉大森林周边有许多小国。

收到维鲁德拉消失的报告后，各国如被捅了马蜂窝一样热闹了。

各国的国王和大臣们连日召开紧急会议商讨今后的对策并收集情报。

小国布鲁姆特的大臣——贝鲁亚特男爵也是其中之一。

被贝鲁亚特男爵召来的一名男性也活跃于这前所未有的混乱

第一章
最初的朋友

之中。

他名叫菲茨。这名男性虽然个子较矮，但眼中带着不容小觑的光芒。

他在小国布鲁姆特王国中担任重要职务——自由组合支部长（公会会长）。

"我叫你来不为别的事。你应该听说过'暴风龙'维鲁德拉吧？"

菲茨刚进房间，贝鲁亚特男爵便平静地问道。那语气像是在说，你肯定听说过。

"那还用说吗，男爵？"菲茨干脆地肯定道。

他声音低沉，语速也很慢。

"哼！我该说'真不愧是公会会长'吗？"贝鲁亚特男爵轻蔑地用鼻子哼了一口气，继续说道。

"那么，公会有什么对策呢？"

"关于这事，我们没有专门制订计划。"

"什么？我听得不是很清楚……你是说公会不打算采取行动？"

"是的。感觉没这个必要。"菲茨淡淡地答道。

那态度像是在说他不明白贝鲁亚特男爵在生什么气。

尽管菲茨的态度令人不快，但贝鲁亚特男爵并没有表现出来。他也知道自己的努力很难完全成功……

贝鲁亚特男爵继续说道："你竟然说没有必要，真是怪事。'暴风龙'消失意味着魔物将会开始活跃！在这种情况下，你竟然没制订对策？！"

"您这话真奇怪啊。制订对策是国家的事。我们是自由组合，又不是志愿者。"

这是事实。

自由组合是不受国界限制的组织。

和隶属于各个国家的国家工匠相比,他们的生活没有保障,但是拥有国民最低限度的身份保障。因此,有缴纳一定比例税金的义务。

不仅是这个国家,周围的国家几乎都是这样。反过来想,自由组合是超越国界的组织,其号召力比一个国家更大……

不过,不知是偶然还是有意,事实上自由组织一直低伏在国家之下,活动十分低调。

"保护国民的财产是国家最基本的义务吧?同样,对组织而言,保护组织成员也一样。我们的处境都很不妙啊。"

听到公会会长这空洞的说辞,贝鲁亚特男爵额头上冒起了青筋。

很明显,贝鲁亚特男爵知道自己的弱点被抓住了。

"别绕弯子了!自由组合能提供多少佣兵?擅长战斗的冒险者呢?能投入多少人力保卫这个国家?!"

公会会长叹了口气,显得有些失望。

"希望你别误会,我们可不是志愿者团体。根据国家与自由组合间的协定,国家可以动员自由组合一成的人员,但如果要我们出更多人,那人数就要视价而定了。"

布鲁姆特有百万人口。

隶属于此的组合成员约七千人,不包括成员家属。

如果国家根据与自由组合间的协定发起动员令,自由组合所属的一成人员(在这种情况下就是约七百人)将由国家指挥。

当然,这指的是各国中的自由组合所属的人数,不适用于其他国家的组合成员。因此,虽说都是自由组合,但也有明确的所属国家。

第一章
最初的朋友

此外，虽然国家可以规定税金，但按照协定，国家根据这个协定发出动员令后，在此期间征收的税金要减少两成。

所以，虽然这协议拥有强制力，但考虑到税收，国家也无法乱用。被征用的组合成员的薪水必须由组合垫付，所以自然要定下这样的条款。

即便国家提出要征用全员，也不可能实现。

因为组合中有一半是非战斗人员。

王国也很清楚个中利害。

因此，国家原本也不会强求公会出动……但这次情况特殊。

魔物将开始活跃。这确实是很重要的理由。

但这不是真正的原因，其实……

"算了。喂，菲茨，你想听我说实话吗？"

听到贝鲁亚特男爵叫自己的名字，菲茨有些意外。

菲茨第一次严肃地注视着贝鲁亚特男爵。

"封印'暴风龙'维鲁德拉的地方是不可侵犯的领域。这条路线一旦打开，东方帝国可能会有所行动。"

"就是这样！帝国之所以一直按兵不动，就是因为顾虑维鲁德拉，或者担心封印会解开，但现在开始行动了。你明白吧？一旦帝国穿过那片森林，这个王国瞬间就会被吞并。况且，西方圣教会也指望不上！鸠拉大森林周边的国家如一盘散沙，瞬间就会被帝国所控制！"

"教会不会行动吗……也是，那些家伙对人类间的斗争没兴趣。教义是歼灭魔物。"

"是的。即便只有一名圣骑士来帮忙，帝国也不会贸然行动……

即便没有进行防范魔物的准备也能争取到时间。"

"这不现实吧……我相信即便国家灭亡,教会也无动于衷。就算是教会的信众,也未必都能得到教会的帮助。"

菲茨看着贝鲁亚特男爵的脸思考着,心中感叹对方的样子真的很憔悴……

这倒也可以理解,这几天贝鲁亚特男爵一下子老了不少。

其实,这两人自幼相识。

虽说对方是男爵,但公会会长和贵族深交的事传开后会有诸多不便。

由于双方都需要建立一个表面上互相利用的关系,所以他们平常总是假装关系很差。

这样一个弹丸之国似乎无法突破这个困境。

但这可能只是杞人忧天。

虽然帝国确实有所行动,但并不代表已经决心要发动进攻。

如果有魔物的话,现在可能已经有对策了。

"现在帝国还没决心行动吧?总之,我个人先着手进行调查。我去探查一下鸠拉大森林的状况和帝国的动向,不过结果如何就难说了。"

"抱歉……谢谢了。"

是的,帝国还没决心行动。

假设帝国要行动,不,帝国一旦行动,就会发生大规模的军事行动。

帝国还不至于天真到只搞小规模冲突。帝国应该会动用超过百万的军队,挨个蹂躏周边国家。如果是这样的话,应该要花一些时间准备。至少也要三年……

第一章
最初的朋友

虽然这时间并不算长,但也留下了准备的机会。

"总之要先掌握情报。时间有限。我走了!"

"靠你了……"

两人互相点头告别。

事情堆积如山。

我吞下维鲁德拉之后已经过了三十天。

你问我这段时间在干什么?

你想想看,万一我被魔物袭击怎么办?

因为我变成了史莱姆。别说是战斗了,我连逃命都难。

因此,我一直在考虑战斗的方法。

所以我在捕食,这一带显眼的草和泛着怪异光芒的矿物等都没放过。

维鲁德拉说的地方魔素浓度很高,在那里采到的草几乎都是希波库特草。

果然如此。

这样一来就能增加回复药的库存。而且经确认,泛着怪异光芒的矿物是"魔矿石"。这种矿石可以制成一种金属素材。这种素材硬度比钢铁还高,同时又不失柔韧性,似乎可以做出和魔法相性很好的金属。

我本来期待会有更稀有的矿石,不过仔细想想,我还不知道是否存在奥里哈根和绯色金等金属。

也许这矿石已经非常稀有了。我可能太贪心了吧。

我狼吞虎咽地吞食草和矿石时,冒出了一个想法!

既然我能射出水，那岂不是能使用水刀？

嗯。不用说，我也知道。你是不是以为我又失败了？

门缝里看人可不行。我在关键时刻从来不会掉链子。

在学校的名单上，我的备注从来都是"这孩子只要努力就能做好。"

所以，我应该没问题吧。

我赶紧来到地下湖。一个巨大的地下湖展现在我面前，和我在黑暗中想象的差不多。

这里的气氛比我想象中的更加神秘、静谧。一片死寂，没有生命的迹象。

看来魔素已经融入水中，估计水里没有生物栖息。

未经任何雕琢的自然，真是美丽的景色。

等有机会再慢慢欣赏……

上次我太不谨慎了，未经试射就直接全力喷水。喷射口也很大，所以推力过高而失败了。我当时太随便了。

这次我参照水枪的喷水方式，一点点地慢慢把水喷出。我就像把水含在嘴里，咻的一下喷出来一样。

水太少了。是因为喷嘴太小吗？

我尝试稍稍扩大喷嘴，现在效果好多了。水现在能喷到我作为练习目标的岩石，岩石湿了一大片。

很好很好，算是成功了。保持这个状态，慢慢调节水量。

接着，我稍稍提高压力，张开喷嘴，然后发射。

我保持这个状态慢慢增加威力，不断练习水枪。

越来越有模有样了。

第一章
最初的朋友

不过，这水枪虽然会让人感到疼痛，但似乎算不上决定性的攻击手段。

我该怎么做……我带着这个烦恼，进入地下湖中转换心情。

疲劳的时候就要泡澡。我可不是单纯为了玩水才进入湖中的。

我在湖里用"魔力感知"观察自己的身体在水里沉沉浮浮。

我的样子像水母一样。我是不是可以振动体表，控制水流呢？

我通过魔力在体表上操纵魔素，产生振动。

我全身微微振动着，我尝试让振动推往同一个方向。我动了，我可以在水中移动了。

成功了！这感觉很有趣，于是我享受了一番游泳的乐趣。

这次转换心情的效果不错，不过可别误会，我绝不是在玩。

"已获得技能'水流移动'。"

有一瞬我以为是"大贤者"在说话，看来这是"世界通知"。

看来因为我刚才玩了一会儿，获得了一项技能。不对，这不是玩，是转换心情。

我现在能在水中或水上朝任意方向移动，速度还过得去。

在关键时刻还可以用"水压推进"加速。考虑到我不需要进行呼吸，说不定在水中战斗对我更有利。水里也很适合我逃跑。

我边想着边朝岸边移动。

休息结束。

现在的问题是攻击手段，通过转换心情，我有了新的构思。

如果采用水枪的攻击方式，就必须持续对水施加压力。

这次我要尝试用类似"向气缸内部施加压力并射出少量的水"的方式进行发射。

和刚才一样，通过调整口径和压力可以调节威力。

和我的意图一样，少量的水汹涌地喷出来，命中目标岩石。

命中的位置出现了裂纹。

成功……应该算是吧。

我趁自己还没忘记刚才的感觉，抓紧多次练习。

口径和压力的调整。练习射击时，我在这基础上再尝试让水弹旋转。

我绞尽脑汁尽可能多做实验，不仅是口径的尺寸，还尝试对形状做细微的调节。

对了！试试"水斩"。

我尽己所能将水变为薄薄的一片，并且令其旋转。我想让水像高速旋转的圆盘一样飞出去斩断目标。我尝试了这个想法。

结果很成功！圆盘状的水往前飞去，在空气的抵抗下留下了刀刃般的残影。目标岩石被斩断并飞溅出去。试射的威力出乎我的预料。

一周的练习现在终于开花结果了。

"已获得技能'水刃'。"

"因已获得技能'水压推进''水流移动''水刃'，这些技能已合并进化为高阶技能'水操纵'。"

哦！

看来真的开花结果了。

第一章
最初的朋友

高阶技能的威力和性能都不是普通技能所能比拟的。

这样一来，我就拥有了战斗的手段。启程的准备已经完成了。

干得好。

我来到这地下湖畔已有一百二十天，离开这个住所踏上旅程的日子终于到了。

我有些不安。我不会说话。我没有声带，我曾尝试在体内变出形状相似的替代器官，但尝试后还没成功。

我也曾想过在尝试成功之后再离开这里，但我没想出有望成功的方案。

我只能使用"念话"来传达自己的想法。这项技能始终要依赖对方，不过在找到发声的办法之前也只能将就了，虽然很不方便。

而且我也想尽快看看外面的世界，如果可能的话，我也想会会同乡的"异世界人"。

我也很期待学习魔法！

既然这样，那就尽快启程！

正所谓"择日不如撞日"。

维鲁德拉没有任何反应。

他就像消失了一样，虽然我知道并非如此。

因为我们约好了。

准备点有趣的逸闻趣事，下次见面时说出来让他笑一笑吧。

地下延伸的洞窟中有个开阔的地方，我来到这里，踏上通往地面的唯一一条道路，离开熟悉的地下。

我想象着外面那从未见过的世界，期待着今后的际遇……

> 现 状

利姆鲁·特恩佩斯特
Rimuru Tempest

种族 Race	史莱姆
护身符 Protection	暴风纹章
称号 Title	无
魔法 Magic	无
固有技能 Peculiar Skill	吸收　自我再生　溶解
专属技能 Unique Skill	大贤者　捕食者
高阶技能 Extra Skill	魔力感知　水操纵
通用技能 Common Skill	念话
耐受性 Tolerance	痛觉无效 电流耐性　热量变化抗性　物理攻击耐性　麻痹耐性

　　原为人类，遭遇事故后穿越到异世界变成史莱姆。临危前获得了专属技能"大贤者"和"捕食者"，异于普通史莱姆。不仅如此，史莱姆的固有技能也很优秀。不过，他本人似乎没注意到。

少女与魔王

我记忆中的画面是从天而降的火焰。

我握着母亲的手,不敢再往前看,那只手非常轻柔。

燃烧弹在我身旁爆炸,将我周围化为一片火海。

我该往哪儿逃?我已被火焰包围……

我——井泽静江——生活在绝望之中。

当时,我感觉到自己被强烈的光芒包裹住。

(啊……我会死在这里吧……)

即便当时只有八岁,我也能领悟这一点。

我和母亲两人相依为命,没有其他亲人可以依靠。父亲被迫上了战场,我连他的样子都记不清。对此,我没觉得有什么幸或不幸。

因为这是我的日常生活,我不得不接受……

我被火焰包围,面临死亡的命运——

"你想活下去吗?如果想活命就回答我!"

这个声音在我脑中响起。

我想活下去吗?我不知道。

我太小了,无法回答这个问题。

可是,即便如此——

看着为了保护自己而只剩下一只手的母亲,我泪流不止。

我想活下去！我这么想道。

"确认完毕。已同意……召唤者的要求。"

我已经受够了恐惧和炽热。帮帮我啊，妈妈——
我哭着祈求自己活下去，并且不再害怕火焰。

"确认完毕。已成功获得高阶技能'操纵火焰''火焰攻击无效'。"

于是，我的愿望实现了。
但实现的形式和我的期望不符。

我再次醒来是在魔物的巢穴。
眼前是一个男人。
长长的淡金色头发，蓝色的瞳孔，端正的脸庞，细长的眼睛，通透白净的皮肤。这美貌让人差点把他错看成女性。
他名叫莱昂·克罗姆威尔。
他是人类"魔王"，是位居世界顶点的人物之一。他的别称是"白金恶魔"。
他看着我失望地嘟囔"……又失败了"，之后便对我兴趣全无。
难怪他没在我全身严重烧伤而濒死之时杀死我。
毕竟我是个可有可无的人。而且我非常脆弱，就算放着不管也活不了多久。
我后悔了。我后悔自己还活着。我不想被无视。
那之后的事我永远忘不了。

少女与魔王

他冷漠地俯视我，那一瞬间的后悔与绝望我永远忘不了。

这份记忆会伴随我度过余生。

当时我一无所有，既没有可以依靠的人，也没有生存的能力。依附魔王莱昂是我唯一的生存方式。

莱昂是力量的象征，被他舍弃意味着死亡。

大概是出于本能，我知道他是我的救命稻草。我下意识地把手伸向莱昂。

"救……救救我……"

我想搂住魔王莱昂，但够不到。

（啊，我真的要死在这里了——）

我在放弃希望的同时怒火攻心。

他救了我之后又弃我于不顾，我无法原谅如此随心所欲的做法。

"骗子……问我'你想活下去吗'的明明是你。"我垂死的身体挤出最后一丝力气指责道。

我直直盯着魔王，泪水止不住地往外流。

（自顾自地把我叫来，又自顾自地失望——最后无视我，太残忍了！）

我本想这么说，但思维十分混乱，一时不知如何开口。

到头来，魔王救我不过是一时兴起。

"哼。骗子吗？等等！"

魔王原本失去兴趣的眼中浮现出诡异的光芒。

他的样子令我毛骨悚然，我按捺不住心中的不安。可是，我严重烧伤、生命垂危，什么也做不了，只能任魔王摆布。

"我本以为她是个垃圾，不过好像和火焰的适应性很好。"

说完，莱昂发动了召唤术式"炎之巨人（伊芙利特）"。非常

关于我变成史莱姆这档事 1
Regarding Reincarnated to Slime

轻松，连咏唱都没有。

然后，莱昂漫不经心地对召唤出的伊芙利特命令道："赐予你肉体，好好利用吧。"

这就是魔王不把我当人看的证据。我的后悔变为憎恨。

这就是烙印在我幼小心灵中的咒缚（创伤）。

"你想活下去吗？那就说出来。"

所以魔王对我说的这话肯定不是我的错觉。

我身陷火海生命垂危时，这声音让我觉得仿佛有人向我伸出援手——

不过，附身让我得以死里逃生也是事实。

被召唤出来的伊芙利特遵照命令尝试附到我身上。我感觉到手脚越来越迟钝。

看来为了执行魔王莱昂的命令、使用魔王赐予的肉体，这个名叫伊芙利特的怪物正在侵占我的身体。

"已确认。是否为了生存允许伊芙利特附身？ YES/NO"

（我还不想死！可是……不行，我决不变成其他人。）

一股可怕的力量灌入我体内，我害怕地在内心里祈求道。

"确认完毕。伊芙利特已成功附身。由于伊芙利特的附身，已成功稳定井泽静江的魔素，并且已成功获得专属技能'异变者'。"

就这样，我身负重伤后偶然活了下来——

少女与魔王

第二章 哥布林村之战

第二章
哥布林村之战

我从地下湖某处来到地面。

那地方是一条洞穴通道。

我噗哟噗哟地在那条路上前进。

这样的移动比我预想得要舒适。

这里不见天日,一片漆黑,但通过"魔力感知",这里宛如明亮的白昼。

我之前看不到东西,走路时要确认脚下的情况,所以现在才发现其实史莱姆的移动速度也没那么慢。

我的移动速度和普通人走路的速度差不多,也可以达到跑步的速度。

虽然我不累,但也不着急,所以就以普通人走路的速度前进。

我可没有因为之前瞎跑掉进湖里而留下心理阴影。

走了一会儿,我看到一扇大门挡住了去路。

这是洞穴里的人造物。

没有比这更奇怪的事了。但这事在 RPG 里却很常见,所以我也不会感到不可思议。

一般情况下,BOSS 房间前会有门。

那现在要怎么开门呢?

要用"水刃"把门剁碎吗?

我正想着,突然那扇门伴着摩擦声打开了。

我慌忙躲到路旁,窥探里面的情况。

关于我变成史莱姆这档事 1
Regarding Reincarnated to Slime

"终于打开了。这门都生锈了,钥匙孔也破破烂烂……"

"不过这也在所难免嘛。估计这三百年一直都没人进去过。"

"是没有进来的记录。话说回来,真的没问题吗?我们不会遭到偷袭……吧?"

"哈哈哈!放心吧。也许那家伙在三百年前是无敌的,但终究是只大蜥蜴。我可是曾经单独击败过翼蜥的。交给我吧!"

"我以前就怀疑过,你其实是在吹牛吧?翼蜥可是 B^+ 级的魔物。卡巴鲁不可能单独击败它的吧?"

"开什么玩笑!我也是 B 级的啊!那不过是只大蜥蜴罢了,没什么大不了的!"

"是是是。我明白了,请别大意。如果有意外的话,我还可以用'强制脱离(Escape)'逃走……"

"我知道你们两位关系亲密啦,你们也该说够了吧。请静一静,好让我发动隐秘技术(Arts)!"

三个人闹哄哄地出来了。

这是怎么回事?我竟然能听懂他们的话,真是不可思议。

"说明。使用'魔力感知'能够理解有意义的声波,并将其转为您可以理解的语言。"

原来如此。

虽然我不能对别人说话,但可以听懂别人在说什么。

太好了。我的英语很糟糕。反正我也不出国,根本没必要学外语。计划出国的人努力学学就好啦。

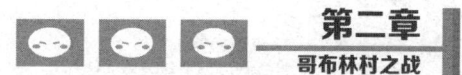

第二章
哥布林村之战

不过现在这种借口就行不通了。估计我总有一天要学这里的语言……

算了，那种事无关紧要。

现在怎么办？这状况比开门更让人头疼……

虽然不知道那些人来做什么，但他们像是……冒险者。

也许是来寻宝的吧？

他们是我在这世界遇到的第一批人类。我有点想跟着他们走。

可是……我是一只不会说话的魔物史莱姆。如果我现身的话……他们二话不说就会把我杀了，还是小心为妙，这次就算了吧。

至少要等我能说话之后再在人前露面。

我暂且藏起来观察情况。

不知道偏瘦的男性做了什么，三人的身影突然变模糊了，但也不是看不到。

他之前好像说过隐秘什么的，估计是某种技能吧。那岂不是能随便偷窥？这家伙太不像话了。他是出于什么目的才学习这个技能的呢……看来以后有必要交上这个朋友。

确认三人的气息消失后，我开始继续移动。

没什么可着急的，又不是今后再也遇不到人类了。

我不疾不徐，一步步前进。古人说得好："欲速则不达"。

我趁三人回来之前迅速穿过门，离开了那个地方。

*

我穿过门再往前走了一会儿，来到一个地形复杂的岔路口。哪条是通往地面的路呢？我怎么可能知道是哪条路，想也没用。

我随便选一条路进去。

关于我变成史莱姆这档事 1
Regarding Reincarnated to Slime

啊！

四目相对。

我缓缓移开目光……我眼前是条凶神恶煞的大蛇。这条蛇身披漆黑的鳞片，和之前世界的蛇一样令人生厌，但鳞片更加坚硬，而且上面还有尖刺。我惊恐万分，简直就像一只被蛇盯上的青蛙，不对，是史莱姆。

把我当作空气吧。

只要没被它发现的话，我还有机会吧？我准备悄悄后退，不过这个想法似乎太单纯了。在我行动的同时，黑蛇也缓缓抬起脖子。

它吐着信子，用目光威胁我。

不行。别想逃！不用语言也能知道它的想法。

要战斗吗？！我不是有经过一周特训学会的必杀技吗？

话虽如此……但要和这样的怪物战斗必须要有觉悟才行。

总之，它太可怕了。

不过不必惊慌。仔细想想，其实我有过更可怕的经历。对，就是维鲁德拉。和那头龙比起来……

咦？好像这蛇也没我想得那么可怕。

我能搞定这东西。我平静下来，冷静地观察黑蛇。

我被吓得动弹不得，黑蛇便大意了，它似乎在考虑要怎么吃我。也许它不乐意随随便便把我整个吞下？

那我就不客气了……我毫不犹豫地瞄准黑蛇的头部放出"水刃"。

水之刀刃气势汹汹地破开空气命中黑蛇。

仅仅一瞬间，"水刃"不费吹灰之力便砍下了黑蛇的头。这一切轻松得让我怀疑自己的眼睛。

这可是条凶恶的大蛇啊，估计是因为它轻敌吧。

"水刃"是出乎我意料的强大技能。

如果对人类冒险者使用的话，估计会是一副血肉横飞的惨烈情景吧。幸好我的第一个使用对象是魔物。

顺便说一下，现在我的胃的空间使用量一共30%，其中维鲁德拉占15%、水占10%、草药和回复药等其他杂物占2%、矿石和素材占3%。

"水刃"的耗水量不足一杯水……所以就算我发射几千发"水刃"，也不用担心水的存量。

这招似乎比拙劣的魔法更有用。

如果再出现魔物的话，就先用"水刃"来应对吧。

至于这条蛇……

如果把它捕食并解析的话，能夺取这条蛇的能力吗？

我即刻进行捕食，结果……

"热源感知"——固有技能。探知周围的温度反应。令隐秘效果无效。

"毒雾吐息"——固有技能。强力的毒（腐蚀）系吐息。效果范围覆盖角度120度、半径7米的扇形全域。

我得到了这两项技能，并且可以拟态为黑蛇。

这毒可以给予目标伤害，并具有腐蚀效果（损伤装备及肉体）。如果用这项技能和普通冒险者战斗的话，好像非常占便宜。

不过这个世界有魔法，所以说不定冒险者能轻松赢我。

我花了一些时间解析黑蛇的能力。

毕竟能用的牌越多越好。

结论有以下两点：

一、我拟态为黑蛇时，体积会变大。

二、我可以直接使用黑蛇的技能，无须拟态，但是威力、效果等可能会降低。

进一步的说明如下：

一、我会在胃里分解捕食的魔物，并储存起来。之前受到伤害时，我曾自己把受损的部分全部捕食并修复，感觉这些库存就像备用细胞。

二、固有技能是魔物特有的技能。我的"溶解、吸收、自我再生"就是固有技能。不过，使用固有技能时，如果不拟态为魔物就无法完全发挥效果。尽管如此，我也能灵活运用部分技能，而且也有诸如"热源感知"等完全无须拟态的技能。

总而言之，大概是这样。

"捕食者"实在好用。

今后也要多多获取可能派得上用场的技能。

*

距离我与黑蛇的战斗已经过去三天了。

我还没走出洞窟。虽然我感觉不到寒冷，但洞里温度似乎很低，毕竟阳光完全照不进来。

即便在黑暗中，我的视野也良好。不过，某种不安一直在我脑中挥之不去。

不，我知道自己的担心是多余的。可是，我心中总会冒出那个疑问："我该不会迷路了吧？"

不，这不可能。我从没听说有人会在最初的洞窟里迷路。

而且初期都会用简单的洞窟给人练手吧？此外那三个冒险者好

像也没有迷路，很顺利地进来了……没问题的。一定只是因为这条路太长了。

不过，不认识路会让人不安。有没有什么认路的好办法呢？

"说明。是否在脑中显示现在走过的道路？ YES/NO"

噗！我差点把胃里的水喷出来。

什……么？！既然有那么方便的功能，就早点告诉我啊！

我不禁吐槽道。

我选 YES。

自动绘制地图等功能是邪门歪道！我有段时间也曾这么想过。

有些古老的游戏需要玩家专门准备纸和铅笔，在攻略迷宫时记下每一步的轨迹。在前进时记下每一步的轨迹也是一种乐趣。后来的玩家可以借助攻略书，再往后内置绘制地图的功能甚至成了游戏标配。攻略游戏的核心乐趣也消失了。最重要的是，玩家习惯了那些方便的工具后就很难再回到从前了。

其实我想说的是……既然有那么方便的功能，那就应该尽早使用。毕竟这是现实，不是游戏。

我查看浮现在脑中的地图。

我看错了吗？根据地图显示，我一直在同一个地方转圈……

我参照脑中的地图，进入之前没走过的洞窟。

前方出现了之前三天从未见过的风景。

呼呼呼！看来我之前是迷路了。

竟然能让我晕头转向，这个洞窟还真不简单。这座洞窟确实值得夸奖。

因为我绝对不可能是路痴!

洞窟的入口,通往外面的道路似乎就在不远处。
我注意到洞窟内开始有苔藓和杂草。
不知阳光从哪儿照了进来,洞窟中渐渐出现朦胧的光亮。
这么看来,现在应该是白天。
这一路发生了多次战斗。

蜈蚣怪(邪恶蜈蚣:等级 B^+)
大蜘蛛(黑蜘蛛:等级 B)
巨型蝙蝠(巨型蝙蝠:等级 C^+)
甲壳蜥蜴(盔甲龙:等级 B^-)

我遇到了这四种魔物。
我没再遇到过之前那种黑蛇,也许洞里只有那一条吧。
那些魔物都很强。
不过,我用一发"水刃"就把它们打倒了,所以这话从我嘴里说出来也许没多大说服力。
那个蝙蝠多次躲过"水刃"飞过来咬我;而那个蜥蜴如果不注意角度的话,水刃会被铠甲弹开——都是不能大意的对手。
蜈蚣怪会隐藏气息从背后发动偷袭,不过我平常都开着"魔力感知"和"热源感知"进行警戒,所以偷袭对我不起作用。我只要往背后丢一发"水刃"就搞定了。
大蜘蛛就够呛了。
我本来就害怕虫子,对虫子有种生理上的厌恶感。以前的我一

第二章 哥布林村之战

看到虫子就想跑开。也许是因为我成为史莱姆之后内心也变强了,现在我敢和虫子战斗了。

我狠下心,用全力射出五发"水刃",把它剁碎。同时发射五发是我的极限。

我可不想长时间面对这样的对手,所以还是速战速决吧。

我把它们全部捕食了。

这终究是弱肉强食的世界。如果我输了的话,也会成为对方的口粮。

我当时犹豫要不要吞食蜘蛛和蜈蚣。

即便从这个角度来说,我也很努力了。

不过,如果出现蟑螂魔物的话,估计我会全力逃跑,根本不会去考虑吃不吃的问题。

这不是赢不赢的问题。

这世上有句话叫"以退为进",真是美妙的语言啊。

最终,我在这座洞窟里吸收了很多魔物。

得到的技能如下:

黑蛇——毒雾吐息、热源感知

蜈蚣怪——麻痹吐息

大蜘蛛——粘丝、钢丝

巨型蝙蝠——吸血、超声波

甲壳蜥蜴——全身装甲

我好不容易才获得了这些技能,当然要好好利用。出于这种想法,我用"大贤者"研究了从魔物身上获取的能力。

老实说,我不想用黑蛇的技能"毒雾吐息"。

其实，在甲壳蜥蜴出现时，我拟态为黑蛇使用了这项技能。接着……蜥蜴身上的装甲连同蜥蜴本身转眼间就溶成一摊黑乎乎的东西。这场面实在令人厌恶，于是我再用"毒雾吐息"把蜥蜴的残骸消灭干净。真想把这份记忆也一起腐蚀掉。

这吐息攻击的威力太大、太危险，我实在不想使用。

不过，"热源感知"非常棒。

生物一般都有体温。同时使用这项技能和"魔力感知"的话，我应该能防范几乎所有的偷袭。不过，我还不知道人类和拥有智慧的高阶魔物会用怎样的魔法或特殊技能，所以绝对不能大意。

接着是蜈蚣。

这副外表也很令人厌恶，我也不想拟态成那样。

蜈蚣吐息的射程和黑蛇差不多，覆盖范围也没多大差别。

所以我推测其他方面也和黑蛇差不多，果然，我在史莱姆状态下使用的时候射程为一米左右。

不过，也许可以用"麻痹吐息"让对手措手不及。

话虽如此，但面对有能力把距离拉近到一米以内的敌人，如果我不拟态或者逃跑，估计必败无疑。

然后是蜥蜴。

"毒雾吐息"简简单单就溶化了它的装甲。

我不指望这种强度的装甲能派上用场。

说实话，我还有"物理攻击耐性"，那装甲对我而言似乎没什么意义。

我没拟态，直接在史莱姆状态下尝试使用这项技能。

第二章
哥布林村之战

身体表面变硬了。

我就像国民级 RPG 中的金属史莱姆一样，月白色的身体闪着金属（Metallic）的光亮。估计表面硬化之后，身体的反光效果也改变了。

我可不想做什么伤害测试，所以也不知道效果到底如何……

不过，这颜色搭配倒是很好看。

也许可以用来吓吓对手。

这三种魔物的能力大概这样。

问题是剩下的两种。我对这两种魔物的能力很感兴趣。

至于原因……

首先是蜘蛛。

没错，我想模仿那个拥有蜘蛛能力的著名超级英雄。

咻的一下从手腕射出蜘蛛丝，以此吊住身体在高楼间跳跃飞荡。

就是那个有名的男人。

"粘丝"这项技能原本应该是用来缠住猎物、封锁其行动的。使用这项技能的话，是不是可以再现那位的风采呢？

我立刻进行试验。

那么，对着大树的树枝……

咻……哐……

呃，刚才的说明好像有提到"钢丝"？

"粘丝"？那是什么？只能傻傻地吊着而已，我可不想要那么蠢的技能。

因此我把目光转向"钢丝"，这是用来防御对手攻击的吗？

这好像是魔物筑巢时用来创造对自己有利的条件（迷宫）用

的……我抽出一根细丝，尝试像鞭子一样抽向树木。

咻！啪！

细丝轻轻松松就被弹开了。

不过……

虽然我有"魔力感知"能看清那条丝，但我估计普通人凭借肉眼极难看清这条细细的"钢丝"。

我决定把这作为今后的目标，多加练习。

最后是蝙蝠。

最让我期待的就是蝙蝠。

"吸血"？使用这技能可以在短时间内使用被吸血对象的能力，并发挥七成的效果。

原来是个可有可无的技能。

毕竟捕食的效果更好。这技能只是"捕食"劣化版。

而且血这东西，我也不想吸。我收集完数据后就把"吸血"技能的事放到了一边。

我感兴趣的是"超声波"。

这项技能可以迷惑目标或令目标昏迷，不过它本来是用来定位的。

估计这魔物和我原来的世界里的蝙蝠一样，通过超声波的反射来定位。

最重要的是发声器官，技能本身倒是无所谓。

首先是发出"超声波"的器官，我要在史莱姆体内重构这个器官。有了这个参考功能，我就不用单凭想象来操纵身体，能吸收这样的魔物真是走运。

第二章
哥布林村之战

这样一来,也许我就有办法发音了。
我连睡觉都舍不得,夜以继日地持续研究。
不过,我本来也没必要睡觉……

连续三天三夜,我不眠不休地边走边研究,最终!!
"我——们——是——外——星——人!"
成功了!
这奇怪的语调听起来像迎着电风扇在说话,但我确确实实地成功发声了!
做到这一步之后,就只剩下调整了!
我努力让自己冷静下来,并开始调整声带。

不过,超声波会有用吧。
我记得有声波炮之类的武器。
是叫声波破坏者还是声波冲击炮来着?
不知道能做到吗?

"说明。技能'超声波'有可能派生出'超振动'。但目前无法取得该技能。"

也就是说需要派生或者改变能力吗?
现在信息量太少,应该做不到。
话说回来,不可能什么事都能简简单单就做到。
看来我太贪心了。
手牌当然多多益善,不过也没必要焦急。

再说，就算只能得到发声器官，我也该知足了。

仔细想想，我得到了不少能力。

我边研究边在洞里徘徊，四处寻找出口。

最后，我终于成功离开洞窟来到了地面。

我来到这个世界之后，第一次站在沐浴着阳光的地方……

*

我已经很久没有享受阳光了。事实上，已经好几个月了。

看来我不会像吸血鬼那样在阳光下溶化或者被灼伤。

事实上，魔物自己知道哪些行为会有这样的危险，这是魔物的本能。

直面危险、知难而上的事并不少见。

别笑。

正因为有所自觉，所以才会寻求改善。

这座洞窟似乎位于森林之中。

我在一座微微隆起的山丘脚下，这座山丘在大树的簇拥下十分醒目，山脚下豁然开着一个口子。怎么说呢，只有在这里才能看得到太阳，一旦闯入森林，光线就变得很昏暗。

山顶上有怪异的刻印。

感觉像魔法阵之类的东西。难道之前与我擦肩而过的那些冒险者动了什么手脚？算了，这不关我的事。

"君子不立于危墙之下。"

我迅速离开了那地方。

我离开洞窟一段时间之后，夕阳西斜。

第二章
哥布林村之战

通过计算，我发现自己恰好是在正午时分离开洞窟。

我体内有一个令人惊叹的时钟，它过于精确以至于影响到我认知时日，所以我想把它调整为普通的日期格式。我冒出这个想法之后，时间的显示方式也随之改变。

这事很容易吗？"大贤者"总是那么可靠。

现在是十六点出头。

这是准备晚饭的时间，但遗憾的是，我不需要进食。虽然我也能吃东西，但却尝不出味道，所以毫无意义。

所以我继续研究自己在洞窟内通过捕食其他魔物获得的新能力——使用方法、组合使用的效果以及是否有其他效用，等等。关键的发声练习也不能落下。

我就这样边做各种尝试边前进。

我并没有什么计划。

目标也是随便定的。

如果看到村庄或者小镇的话，我倒是想找个看上去心比较软的人，主动上去说说话……

不过这几天非常平静。我在洞窟里频繁遭到魔物袭击，但出来之后却几乎没有遭到袭击。

只有一次，我在做发声练习时遭遇一只狼。

不过，狼只是恐吓般地"啊"了一声，然后就发出"呀——"的悲鸣声，狼狈地逃跑了。

那种狼比普通的大型犬还大，体长超过两米，而且是数只共同行动。不过那些庞然大物看到史莱姆竟然吓跑了，真是狼狈至极。

对我而言，不会被袭击自然再好不过。

不过如果把狼吞掉的话，好像可以获得嗅觉相关的技能。

我对那些狼产生了兴趣,于是便留心观察了一下,看来不仅仅是狼。

我周围百米以内都没有魔物活动的迹象。

咦?那些魔物好像都躲着我……

这是为什么?

毫无疑问,这座森林的魔物都畏惧我。

我刚确信这一点,"魔力感知"便探查到有魔物群正在接近。

我眼前突然出现了一群乱哄哄的人形魔物,大概有三十只。

身材短小。

装备简陋。

他们表情呆滞,身上有点脏。

他们应该不是完全没有智慧。有些家伙还装备着剑、盾、石斧,甚至还有弓。

我的脑灰质瞬间就识破了他们的真实身份。

他们是袭击冒险者的著名魔物——子鬼族哥布林。

他们简直就是参照那个模板印出来的。

他们通常袭击弱小的魔物……嗯,就是我?不过,出动三十只来对付史莱姆也太夸张了吧。有种莫名的恐惧感涌上我的心头。

我出于本能地惧怕这些家伙。

他们的剑上锈迹斑斑,防具也很寒酸。有的家伙甚至只是裹着脏兮兮的布。

我一路打倒了不少长着坚硬鳞片的蜥蜴以及有手有脚还有锐利刀锋的蜘蛛。

看上去这些家伙的装备,应该不足以对我造成伤害。

第二章
哥布林村之战

而且在最坏的情况下,我还可以拟态为黑蛇,用"吐息"将他们一网打尽……

我边想边望着这伙哥布林,这时其中一只大约是队长的哥布林开口了。

"咕嘎,这位强者……你去这前方有什么事吗?"

原来哥布林会说话啊。

也许是我用了"魔力感知",所以才能在一定程度上理解他的话吧。

话说,他口中的强者指的应该是我吧。

他们拿着武器把我围住,然后又毕恭毕敬地上来问话……这些家伙到底在想什么?

我很感兴趣。

看来他们不会立刻对我发动攻击。

也许我该试试他们能不能听得懂我说话。

想到这里,我决定尝试和哥布林说话。

我看了哥布林一眼。

那些哥布林似乎抱着拼命的决心。他们小心翼翼地保持着临战姿态,窥伺着我。遗憾的是,其中有几只已经做好了逃命的准备。

那个首领的气势果然与众不同。他的目光没有移开,一直盯着我。

嗯!

我感觉到这家伙拥有智慧,也许我可以和这家伙沟通。

会顺利吗?

我想把自己的想法注入发出的声音里，尝试说出对方的语言。

"初次见面，也不知道这么说对不对？我是史莱姆利姆鲁。"

那伙哥布林一片哗然。

是被会说话的史莱姆吓到了吗？我正疑惑……发现有的哥布林已经丢掉武器正跪地磕头。

搞不懂。

"咕嘎，这位强者！在下已经充分理解了您的力量。请冷静！"

嗯？我注入想法时没把握好分寸吗？

这样一来就无法沟通了。他们已经被吓得无法思考了。

"抱歉。我现在还无法调整好。"

总之先道歉。

"不……不敢不敢。您不需要向我们道歉！"

看来他听得懂我的话。这是个不错的练习机会。

顺便说一下，我说的是原来世界的语言。可是对方竟然听得懂，这太让人意外了。

"那你找我有什么事？我只是碰巧往这边走，并没有什么目的。"

既然对方毕恭毕敬地和我说话，那我也应该礼貌地回话，但对方表现得过于畏惧，所以我也试着稍微强硬一点。

"原来如此。再往前就是我们的村子。我们察觉到有强大的魔物，所以过来警戒。"

"察觉到有强大的魔物？我怎么没感觉到……"

"咕嘎，咕嘎嘎。您真会说笑。就算您化作那副模样也骗不过我们！"

看来那些家伙彻底误会我了。

他们似乎已经认定我是一只伪装成史莱姆的强大魔物。

第二章
哥布林村之战

哥布林有名归有名,但终究只是一种下等魔物。

我之后又和哥布林聊了一会儿,说着说着,哥布林便邀请我到村里做客。

他们好像要留我过夜。这些家伙虽然看上去贫寒,但却很热情。

虽然我没必要睡觉,但休息一下也不错。于是我就接受了邀请。

我们沿途聊了许多事。

说到最近他们信仰的神明消失的事。

说到在神明消失的同时,魔物开始频繁活动的事。

说到有越来越多强大的人类冒险者闯入森林的事。

诸如此类。

而且,在不断对话的过程中,我耳中来自对方的语音也越来越清晰流畅。估计是因为在使用"魔力感知"与对方交谈的过程中,我渐渐熟悉了这种交流方式。

也许我很走运,在和人类对话前,能先和哥布林进行练习。

我边聊着边跟着他们走。

村子脏得令人惊叹。

说到底这不过是哥布林的巢穴,我也不抱什么期待。

村里的房子破破烂烂,房顶是腐烂的麦秆,房间里四处漏光,用胶合板拼成的墙壁……用以前的目光来看,这里还不如贫民窟!

"让你久等了,客人。"一只哥布林边说边走了进来。

之前带我来这儿的哥布林队长搀扶着这只哥布林一起进来了。

"啊,没有的事。我也没等多久,不必放在心上。"我露出经过培训的业务用笑容答道。

这就是所谓的史莱姆微笑。

通过一个笑容,让交涉朝有利的方向发展。这一招连我自己都觉得可怕。

虽然我也不知道要交涉什么。

"我们拿不出什么像样的东西,招待不周,请多包涵。我是这个村子的村长。"

说着,他把一杯像是茶的饮料递到我面前。

我很意外,没想到哥布林也会做这种事。

我喝了一口茶。(估计我喝茶的样子在别人看来就是盖在茶碗上。)

我尝不出味道。这是当然的。我没有味觉,当然尝不出味道。

不过,现在这情况尝不出味道到底是好是坏呢……我分析过成分,茶里没毒,但好像非常苦。

但我从中感受到了哥布林的热情,所以我把茶一点不剩地喝光了。

"你们特地请我来村里是不是有什么事?"我直截了当地问道。

大家都是魔物,我们好好相处吧!他们请我来应该不仅仅是出于友好。

村长听后吃惊得一怔,但他观察着我,似乎下了某种决心。

然后——

"您知道最近魔物频繁活动吗?"

这事我在来的路上听说了。

"一直以来,我们的神明守护着这片土地的和平,但一个月之前,神明突然消失了。于是附近的魔物便开始侵扰这片土地……我们也不能坐视不理,所以也应战了……但战力不足……"

第二章 哥布林村之战

嗯！

神明指的是维鲁德拉？时间刚好对得上。

总之就是哥布林希望我帮他们吧。

"我明白了。不过我是只史莱姆，似乎没什么值得期待的吧？"

"哈哈哈，您太谦虚了！普通的史莱姆可没有这么强的妖气啊！虽然我们无法想象您为什么是这副模样……您是持名魔物吗？"

他说……妖气？

那是什么？我可不记得自己有发出那种东西……我切换"魔力感知"的视角观察自己。不知为什么，我身上笼罩着一种凶煞的灵气。

如果我能在试验"拟态"和"全身装甲"等技能时发现就好了，不过这想法不过是马后炮罢了。

实在不好意思。我一直散发着妖气，却浑然不知。

一股羞耻感向我袭来，这感觉就和突然发现自己下面大门敞开地走在大路上一样。洞窟内的魔素浓度很高，所以我完全没注意到。

这可不行！明显出局了！

现在我终于明白为什么我离开洞窟后一直没有发现魔物了。

应该没有魔物愿意招惹这么危险的家伙吧。

也就是说"没有哪个蠢货会被这副外表欺骗"吗？

既然这样，我只能破罐破摔。

"呼呼呼！不愧是村长，一下就看出来了。"

"当然看得出来！您的威仪，包括散发妖气的风范都隐藏不了！"

"是吗？被你们看出来了吗？看来你们很有前途嘛！"

越来越得意忘形了！

就这样牵着村长的鼻子蒙混过关吧。

与此同时，我试着消除凶煞的灵气也就是妖气。我根据操纵体外灵气的要领，心中念想着隐去妖气。

"哦……您是想试探我们吧？很多人都害怕那妖气，现在好了。"

我成功隐藏了妖气。

我变成了一只普通的史莱姆。

可是，如果我像一只普通的史莱姆一样走在路上的话，反而会受到魔物的袭击而因此不胜其烦吧？

"是啊。你们看到我的妖气也不害怕，还过来和我搭话，很有前途。"

我很想对自己吐槽"哪有什么前途啊？"，但硬是忍住了。

"哈哈！多谢夸奖。我就不问您隐藏真实面貌的原因了。不过……我有个请求。能否听我说明一下情况？"

果然是这样。

如果他们无事相求，那邀请这么危险的魔物也就没有意义了。

"视内容而定。你说说看。"我继续保持妄自尊大的态度向村长问道。

事情是这样。

东边的魔物纷纷涌向这里，那些新来的魔物企图夺取这片土地的霸权。

这附近有好几个哥布林居住的村子。

这个村子就是其中之一，不过村里的哥布林战士多数都在和那些新来的魔物的小规模冲突中战死了。问题是命名战士也战死了。

那名战士如这个村子的守护者一般，不过现在失去了守护者，这个村子便几乎没有价值了。

第二章
哥布林村之战

其他哥布林村放弃了这个地方。

其他村子一致决定趁新来的魔物袭击这座村子时采取自保对策。

不管村长和哥布林队长怎么交涉,他们都冷漠地拒绝。

村长等人说这事时十分懊恼。

"原来如此……那这村子住着多少哥布林?其中有多少可以战斗?"

"这座村子住着约百只哥布林。能战斗的,算上雌性有六十只左右。"

根本指望不上。

不过,能大致了解人数,对哥布林来说应该算聪明了吧。

"嗯。你们知道对方,也就是那些新来的魔物的数量和种族吗?"

"了解。是狼魔物牙狼族。本来,我们十个对付一个才有可能赢……他们有百人左右集体行动……"

哈?这是简直是不可能的游戏。我盯着村长的眼睛。

村长也严肃地看着我,看得出他肯定不是在开玩笑。

他的目光虽然有些浑浊,但以哥布林的标准来看,应该算得上真挚了。

"那些哥布林战士明知道赢不了还去送死?"

"……不,这份情报……是那些战士用性命换来的。"

这样啊,我不该问的。

之后,我又得知那个命名哥布林是村长的儿子、哥布林队长的哥哥。

我边听边考虑对策。

村长一直在等我做决定,什么都没说。

是我的错觉吗?感觉他眼里含着泪……应该是错觉吧。

关于我变成史莱姆这档事 1
Regarding Reincarnated to Slime

魔物和眼泪可不搭。

继续保持骄傲自大的态度吧。可怕的魔物就应该这样!

"村长,我想确认一件事。如果我帮助这座村子,我会得到什么回报?你们能给我什么?"

其实我随手帮帮他们也行。

不过那种魔物的战斗力是他们的十倍,而且还有一百只。

这绝不是能轻松取胜的对手。

估计我拟态为黑蛇应该有办法应付……但这不是随随便便就能包揽的事。

"我们会献上自己的忠诚!请您保护我们。如果您愿意,我们就对您许下永世效忠的誓言!!"

说实话,就算得到他们的效忠,我也不会高兴。

不过,在九十天的孤独经历之后,能和哥布林说话,我感到很开心。

虽然人类可能会对脏兮兮的哥布林感到厌恶。

不过我现在是魔物,也不用担心生病。

最重要的是村长的眼神。看得出来,我是他唯一的希望。

我想起了以前的事。

我经不起别人的软磨硬泡,总是答应帮别人忙。

我总是边抱怨,边向后辈发牢骚,边答应委托人或前辈。

"好吧,我就帮你一次!"

我重重地点点头。

就这样,我成了哥布林们的主人、守护者。

第二章
哥布林村之战

●

牙狼族。

东方平原的霸者。

来往于东方帝国与鸠拉森林周边诸国的商人深受其害。

虽然单独的个体相当于 C 级魔物,但如果不多加小心,连老练的冒险者也会被一下咬死。

不过,真正危险的是他们的群体行动。

牙狼族在强大头领的带领下会发挥出真正的力量。

牙狼群一心同体,统一行动,不会有丝毫混乱。

牙狼族群聚时等级相当于 B。

东方平原毗邻广阔的粮仓地区,因此是关系到帝国生命线的重要地区,那里戒备森严。

无论牙狼族有多狡猾、能力有多优秀,都难以突破帝国的防卫。即便真的可以突破,也会因此惹怒帝国,那么牙狼族也很可能就此灭绝。

族群的头领很清楚这件事。

数十年来,牙狼族和帝国间的小冲突不断,在这过程中积累了大量的战斗经验,同时也学到了这一点。

如果只是对小规模的商队出手,那帝国也不会动真格。可是,牙狼族一旦试图闯入粮仓地带,帝国就会露出獠牙。

过去,同胞们曾多次闯入禁地,我不能再犯下这样的错误——这便是头领的想法。

但是,出于本能,头领知道一直这样下去,整个种族将失去进化的机会。

对牙狼族而言，本来没必要进食。

在牙狼族看来，袭击并吃掉人类不过是在吃点心。

毕竟，人类身上没有多少魔素。

对牙狼族而言，进食就是吸收魔素。

牙狼族可以通过袭击更强的魔物或者大量捕杀人类，进化为"灾厄"级魔物。

但无论哪个方法都很困难。

对牙狼族来说，帝国太强大了。可是，继续袭击过往商人的话，要进化成"灾厄"级魔物简直就是痴人说梦。

头领听说南方肥沃大地上有一片森林，那里是拥有强大魔力的魔物们的乐园。不过，要去那里必须要穿过鸠拉大森林。

牙狼族曾多次狩猎从森林里跑出来的魔物，所以知道森林里的魔物本身并不会构成威胁。但他们此前为什么一直没有闯入森林呢？

"暴风龙"维鲁德拉——

那头龙的存在就是全部理由。

即便已经被封印，那凶煞的魔力波动也能令他们生畏。

他们相信那座森林里的魔物有维鲁德拉的加护，所以才能在那凶恶的魔力波动中生活。

如果不是那样的话，那森林里的魔物就都疯了。

牙狼族此前虽然处境艰难，但因为那头龙，他们一直没有闯入森林。

但现在……

头领将锐利的血色瞳孔投向森林。

那头邪龙凶煞的气息消失了。

现在，就算要把那座森林中的魔物捕杀干净，继而成为森林的

第二章
哥布林村之战

霸者也不是不可能。想到这里，他舔了舔嘴唇。接着，发出长长的嗥叫，传达进攻的信号。

●

那么，成为守护者之后，我该做什么呢？按照我的认知，守护者就和保镖差不多，不过村长对我的态度的确很夸张。

总之，我先让能战斗的哥布林集合。

不过，他们看上去就是一群乌合之众，估计很难派上用场。

老人和孩子在远处围观我们……其他村子的哥布林没来增援。

他们连食物都短缺，即便逃走也会被饿死。面对这种状况，村长应该会发疯或者恐惧吧。

被召集来的那些哥布林注视着我，那眼神犹如虔诚的信徒朝圣一般。

太沉重了。

这之前，我像玩家一样轻松地生活，对这世上的事没什么感觉。这眼神对我来说太沉重了。

"各位，你们清楚现在的状况吗？"

现在可不是说笑的时候，我也想不到什么有趣的话，于是就严肃地质问道。

"是的！这一战事关我们的生死存亡，我们已经做好心理准备了！"哥布林队长随即答道。

他周围的哥布林似乎也抱着同样的决心。

也有人吓得浑身发抖，但这也情有可原。生理的表现和心理的想法未必能一致。

第二章
哥布林村之战

"不要逞强,不要担心。太逞强的话,万一输了就真的输了。你们只要考虑一件事,把一切做到最好!"

我好像说了一段很有气势的话。

我感觉很不错,说不定效果出乎意料地好。

那就开始吧……

万一失败的话,也许哥布林的命运会就此终结。

即便如此,我也不会回头。

因为我已经决定要一直保持骄傲自大的态度!

好!我拿出干劲对哥布林发出第一道命令。

在这之后,我应该还会多次下达这个命令。

我发出了第一道命令……

●

天黑了。

牙狼族头领睁开双眼。

今晚是满月,正适合战斗。

头领缓缓起身，睥睨四周。

牙狼同胞们注视着头领的一举一动。

"气氛不错！"头领如此想道，"今晚就消灭那个哥布林村，把那里作为我们进入鸠拉森林的踏板。"之后再慢慢狩猎周围那些魔物，成为这片森林的支配者。将来力量壮大之后再考虑往南方进攻。这不是痴人说梦，我们有这个力量。因为我们的利爪足以撕裂任何魔物，我们的尖牙足以贯穿任何装甲。

"啊呜——"头领咆哮道。

到了开始蹂躏的时间。

不过，有件令人担心的事。

几天前，担任斥候的同胞带回了一条令人在意的情报，说是发现了一只笼罩在异样妖气中的小魔物。

斥候说，那只魔物的妖气比头领还强。

这不可能。头领没把那魔物当回事。

头领感觉不到这片森林里有那样的威胁。他遇到的魔物都很弱小。他们一路来到森林中央都没遇到过像样的抵抗。曾经有一次，他们被数十只哥布林杀了几只同胞，但也仅此而已。斥候可能是太紧张，看错了吧。想到这里，头领把视线转向前方。

前方已经可以看到村子了，就在斥候汇报的地方。

他们跟在受伤的哥布林后面，找到了村子的所在地。这个村子现在已无力抵抗。

头领很狡猾，不会大意。可是，村子外围着很少见的东西——人类的村子才有的……那是栅栏。哥布林把村里的房子拆掉，做成栅栏围住村子。

村子前方留着一个开口。那里有一只史莱姆。

"好了！别再前进了。如果你们就此回头，我就放过你们。赶紧离开吧！"那只史莱姆对牙狼群说道。

"耍小聪明。"头领笑道。

他们只留下一个空隙，想以此来防备大规模的攻击？

他们终究是垃圾般的魔物，知识浅薄。

那种栅栏在我们的利爪和尖牙面前毫无意义。让你们见识见识我们的力量！头领边想边发出命令。

数十只牙狼如头领的手足一般开始攻击栅栏。

牙狼族群聚之后便是一头魔物。他们的攻击丝毫不乱，可以发挥出难以想象的力量。

他们通过"思维传递"联系在一起，从而能够联合行动。通过这项技能进行沟通，比用语言更快捷，他们可以高效配合。

按理来说，只要一击就足以破坏栅栏。

第二章
哥布林村之战

头领正想象着那些哥布林看到自己的期望破灭之后狼狈而逃的样子,但他瞬间就意外得叫出声来。对栅栏发动攻击的部队被弹了回来,有的还摔倒在地鲜血四溅。

怎么回事?头领不慌不忙地观察情况。

栅栏开口处的史莱姆一动没动。

"那家伙难道什么也没做吗?"一只下属来到头领身边说道。

(就是那只魔物!他散发的妖气比头领还强大!)

不可能!头领边想边看史莱姆。

这种小魔物偶尔会诞生在平原上。

把这种卑微的小东西称作魔物实在可笑。

他竟然拥有超越我的妖气……不可能!头领不快地想着。

牙狼族的头领老奸巨猾。

他根据自己在漫长岁月中积累的经验制订了谨慎的作战计划,而且还拥有冷静执行作战的胆魄。虽然情报显示那只魔物可能比自己更强,但他长年积累的经验却否定了这种可能性。

头领此时第一次犯下了致命的错误。

而这个错误决定了他们的命运。

(这不过是只矮小的魔物——看我碾碎他!)

●

啊,吓了我一跳。

没想到他们会突然扑过来。幸好他们等到我帅气地说完"如果你们就此回头,我就放过你们"这句话。可是,他们却直接无视了我的话。

牙狼同时出击，从四面八方对栅栏发动攻击。

我本以为他们会听我说完再进攻，我想好的台词全部没用了。看来我之前的练习也全部白费了。

这可是我利用空闲时间辛辛苦苦练习的台词。

我下达的第一个命令是让他们带我去看伤员。

现在可以战斗的哥布林有六十只，就算再多十几只幸存者，作战效率也没多大提升。不过，既然他们这么敬仰我，那我也要为他们做点力所能及的事。

伤员都躺在一座肮脏的大型建筑物里。

看到那些伤员，我心想他们好像用草药之类的东西进行过治疗……不过如果一直这样置之不理的话，可能会死的。

他们的伤口比我预想的要深。伤口很长，而且已经化脓了，像是被爪子或牙齿撕裂的。

伤成这样的话就要费一番功夫了。我边想边开始对全员进行治疗。

我捕食了眼前的一只哥布林，接着在体内淋上回复药再吐出来。

村长一副欲言又止的样子，不过我无视了村长，把伤员一个个吞进去再吐出来。

治疗了数只哥布林后，我回过头……发现不知为何，哥布林们都跪倒在地看着我。

这些家伙在干吗？

看来这些家伙误以为我在用复生之力治疗伤员。

我嫌麻烦，于是呸的一下吐出几个回复药，让他们为剩下的伤员治疗。

第二章
哥布林村之战

虽然花了一些时间,但终于全员的治疗都结束了。

我尽己所能治疗了伤员之后,又对剩下的那些哥布林下了新的命令。

接下来要设置栅栏。虽然也可以出去砍树回来做栅栏,但时间紧迫,所以只能用现有的东西来做栅栏。

我毫不犹豫地让他们把房子拆掉,用拆下来的材料制作栅栏。

栅栏安放在村子外围围成一个圆形,把整个村子都圈起来。

在此期间,我让哥布林中较为机灵的弓箭手出去侦察。

既然对方是狼,鼻子肯定很灵。我送他们出去时,交代他们不要胡来。

我注意到他们眼中带着必死的决心。当时的场面十分悲壮,他们简直就是在说就算拼上这条性命也在所不惜!我当时在心中感叹,那些家伙真是夸张,不过他们也没其他办法。

我来到村子的第二天傍晚,栅栏做好了。

之后由我来进行最后的工作,就是用蜘蛛丝来固定栅栏,增加栅栏强度。

我不记得自己在哪些地方布下了"钢丝"陷阱。我不小心碰到栅栏后,啪的一声,身体被切下几块。

这场战斗结束之后可不能忘了去把碎片收回来。

我在村子正面留下一个出入口。

在这附近布下"粘丝",准备工作便完成了。

接着就是等待斥候汇报。

在这期间,受伤的哥布林开始恢复、苏醒。

我用身体去触摸痊愈的哥布林,确认恢复状况,效果出乎我的预料。看来回复药的效果很好。

看到他们伤得那么重，我还以为需要多喝一些回复药……结果回复药的效果比我预想的要好，真是让人高兴的估算错误。

接下来，我们把废弃的材料堆到村子中心，并点上火。这让我想起了营火，但这可不是什么开心热闹的场面。

还需要有人通宵戒备。

由于不需要睡眠，所以我主动提出值夜，但哥布林们纷纷反对。

"这可不行！怎么能让利姆鲁大人做那种事？"

"对啊！由我们来值夜。利姆鲁大人请去休息！"

周围其他的哥布林纷纷表示赞同。

我心里很高兴，不过这些家伙更令人心累。没办法，我只能让他们轮流值夜，让没值夜的哥布林去休息。

夜快深时，斥候回来了。

斥候回报牙狼族开始移动了。

虽然身上有伤，但全员都活着回来了。

我曾认为他们是既丑陋又不太干净的怪物，但短短两天便对他们产生了感情。

但愿不用减员就能结束战斗。

我边想边将"粘丝"安放在栅栏出入口附近。

我们就这样进行着准备。

既然战争已经打响，那就没办法了。这样的话就只能按照计划行事。

我对栅栏的强度不大放心，但还不至于会被牙狼族的攻击破坏。陷阱的效果也很不错。可以暂且放心。

考虑到这种事态，我在栅栏上预留了小缝隙。有了这个缝隙，栅栏既能阻碍敌人，又能让我们进行攻击……

第二章 哥布林村之战

这就是射弹孔。

无论哥布林们的技术有多烂都能通过这个缝隙射箭。数只牙狼中箭发出惨叫声。也有几只牙狼企图撬开射弹孔,但两侧装备石斧的哥布林早已等候多时,牙狼一到便身首异处。

哥布林练习的时间还不到两小时,但他们非常拼命。他们努力理解我的话并尽全力执行。他们的努力现在有了回报。

牙狼确实很强。即便是单独一只应该也能与数只哥布林一战。

群集之后的战斗力更是大幅提升。可是,既然单只牙狼很强,那就用多只哥布林去应对。既然群集之后很强,那就让他们无法群集。总之,多动脑筋总会有办法。因为我是这世上最强的生物,是拥有智慧的人类!

遇到我,算你倒霉……我冷冷地望着牙狼的头领想着。

区区野兽竟然也想赢过我……狂妄至极。

●

看到形势与自己的设想大为不同,牙狼族头领慌了。

牙狼族下属开始犹豫了。

再这样下去可不妙。

牙狼族只有集体行动才能发挥出真正的力量,对头领产生怀疑会招致致命的后果。

这一点,头领非常清楚。因此,头领在这里犯下了最大的错误。连那种脆弱的栅栏都破坏不了,实在是窝囊,头领担心同胞们会把愤怒的矛头指向自己……

他认为身为头领有必要炫耀自己的力量!

他认为自己是族群中最强大的一只,即便单独行动也非常强!
那一瞬间,胜负已分。

●

牙狼族头领的一举一动都逃不过我的眼睛。
估计在周围的哥布林眼里,牙狼族头领已经消失了吧。
但对我而言,他慢悠悠的行动就像打呵欠一样。
一切都在计划之中。
我考虑过几种可能性,现在事态正按照其中一个剧本发展。
终究是野兽。敌不过曾是人类的我。
头领会被栅栏开口位置的"粘丝"困住。以牙狼族的力量也许能够砍断"粘丝"。
我无法确认这个猜测,但这无关紧要。因为"粘丝"的目的是拖住头领的行动,只要有一瞬就足够了。
如果头领的行动不受限制,万一我射出"水刃"被躲开的话,就太影响我的形象了。而且,最坏的情况是误伤到友军。战场的状况变幻莫测,就算真的误伤友军也不奇怪。
因此我做了一系列准备,不过看来是我想多了。
这些家伙连栅栏都破坏不了。我还考虑过在栅栏开口位置设置"钢丝",但考虑到这未必能给予头领致命伤,所以这次就算了。
现在这种情况,我有必要把自己塑造成一个无法战胜的强者。我的准备就是为了这个目的。
我毫不犹豫地把"水刃"射向头领的脖子。
"水刃"不偏不倚砍下了头领的头。

第二章
哥布林村之战

在别人眼里,我轻轻松松地杀死了头领。

"牙狼族听着!你们的头领已经死了!我给你们一个选择的机会,是服从还是死亡?"

那么,这些家伙会怎么选?

希望他们不会像给头领吊丧一样不要命地冲过来……

牙狼族没有行动的迹象。

不妙啊……他们是打算抱着"要服从还不如去死"的决心一起冲过来吗?

如果是的话,这将是全面战争。

我们在数量上也不如对方,估计难以兵不血刃。

虽然我们不至于会输,但我希望趁现在还没人受伤的时候停止战争。

一片寂静,刚才的事仿佛从未出现过。众牙狼的视线集中在我身上。

我在他们的目光中缓缓向前。也不知道他们会怎么看,希望能给这些家伙留下比头领的死亡更加深刻的印象。

我来到牙狼族头领的尸体面前。没人敢来妨碍我。

站在头领身旁的牙狼往后退了一步。

我捕食了牙狼族的头领。这是胜者的正当权利。

"解析完毕。已获得拟态——牙狼。已获得牙狼固有技能'超嗅觉''思维传递''威压'。"

"大贤者"的话在我心中响起。我成功获得了牙狼的能力。

牙狼们看到头领在自己眼前被我吃掉，但仍无行动的迹象。

唔……

我都做到这地步了，本以为他们不是被吓跑，就是害怕地降伏……

啊！我刚才好像是说服从还是死亡？

糟糕。我似乎一时得意说了一句没头没尾的话。

没办法，就给他们一条逃命的路吧。想到这里，我拟态为牙狼。接着，如大声咆哮般施放了"威压"。

"吼——听着！我现在可以放过你们，这是你们唯一一次逃命的机会。不愿意服从我的现在还能走！！"

咆哮之后，我继续向那些牙狼宣告。

这样一来，这些丧家犬应该会逃走了吧。不过，事情出乎我的意料。

"我们全部为您效命！"

他们在发出服从宣告的同时一齐跪倒在地。虽然这姿势看上去和伸腿俯卧的狗一样。

看来他们选择服从我。难道他们之前一直不动是因为在用"思维传递"开会讨论吗？反正不用战斗就好。

就这样，哥布林村之战落下了帷幕。

*

没想到啊……

比起战斗，善后工作更难办。

到底是谁下令拆房子的……这让人以后怎么办啊？

而且，从今晚开始，那些哥布林要去哪儿睡觉？

还有，谁来照顾那些"狗"啊……

第二章
哥布林村之战

虽然死了几只,但还有八十只幸存。

这……总之,今天到此为止!剩下的明天再想。等这些家伙起来之后再考虑吧。

总之,我先让哥布林们睡在火堆旁,再让那些"狗"在村子周围待命,然后就此解散。

第二天,天刚亮。

我昨天想了一个晚上,终于想到了让哥布林照顾牙狼的计划!

可以战斗的哥布林有七十四只,昨天无人受伤。

所有人都没事,最多也就是擦伤。

牙狼族幸存八十一只。

虽然也有受伤的个体,但用了回复药之后马上就痊愈了。

估计就算放着不管也没事。牙狼族的自愈能力很强,那种程度的伤似乎可以自行治愈。

哥布林起来后,我命令他们列队。

无法战斗的就在一旁围观。毕竟这里是块连房子都没有的空地。我们想不引人注意都难。

村长站在我旁边。

村长看上去像是在一旁服侍我,可是被一个哥布林老头子服侍,我可高兴不起来。因为我的审美观和以前一样。

唯独这一点,就算成为魔物,我也不会妥协。不过,魔物的村子里没有可爱的女孩子。我现在只能先忍着。

我把牙狼族叫到整好队列的哥布林旁边。

"这个——各位,从现在起,你们要结为搭档共同行动!"

我观察着他们的反应。

关于我变成史莱姆这档事 1
Regarding Reincarnated to Slime

他们一言不发地注视着我,等待我的话。

看来对于搭档的事,所有人都没意见——应该没问题。

"懂我的意思吗?总之,你们两人组成一队!"

我刚说完,哥布林和牙狼们就转向坐在身边的同伴,互相交换了一下眼神,接着便按照我的命令两人组成一队。

不打不相识——虽然不太相同,他们大概是出于类似的想法接受了这一命令吧。

这时,我注意到一件事。这些家伙没有名字吗?

叫人的时候实在太不方便了。

我不顾在一旁寻找搭档的哥布林和牙狼们,说道:"村长,我叫你们很不方便。想给你们起个名字,可以吗?"

我话音刚落,唰的一下,周围的视线全部聚焦到我身上。

在周围看热闹的那些非战斗哥布林也一齐难以置信地看向我。

"这……这……可以吗?"村长战战兢兢地问道。

哥布林们咽了咽口水,等待我的回答。

怎么了?有什么好兴奋的?

"嗯……嗯。如果没问题的话,我就给你们起名字。"

我话音刚落,他们就发出了欢呼声。

这到底是怎么回事?

不知为何,他们变现得超兴奋!

既然这么想得到名字,那自己起名字不就好了。

我当时轻松地想到。

首先从村长开始。

我先问了他儿子的名字。他儿子名叫"利古鲁"。于是,我给村长起名叫"利古鲁·德",也就是利古鲁德。这个名字没什么含

第二章
哥布林村之战

义,只是因为顺口。

我开玩笑地说就让你儿子叫利古鲁,而你就在这名字后面加个"德"吧!结果,他非常严肃地当真了。

而且还说:"你竟然还允许我儿子继承这个名字,实在感激涕零!"

他高兴得太离谱了。

如此随便地起名字让我心里产生了一丝罪恶感……

不过这样也好!于是我便把这事抛到脑后。

因此,哥布林队长的名字就是"利古鲁"。加上二世之类的后缀只不过是增加麻烦,所以就叫利古鲁。他向我表达谢意时的样子犹如朝圣一般。实在太夸张了,这对父子真像啊。

我就这样给哥布林起了名字。顺便给围观的哥布林也起了名字,和战斗哥布林有亲子关系的就起类似的名字。独身或者孤儿就再另起个名字。

不知道这些家伙会把现在的名字传承多少年……

孙子出生后,村长叫"利古鲁·德德";曾孙出生后,曾孙叫"利古鲁",村长就成了"利古鲁·德德德"。这也太随便了吧……不过,这样也行吧。

我就这样给哥布林一只只地起名字。

"利姆鲁大人……我们非常感谢您……可是……您没问题吗?"

村长——现在应该叫利古鲁德见状,有些慌张地问道。

"你指的是什么?"

"不是,我也知道利姆鲁大人的魔力十分强大……可是……一次性赐予我们所有人名字,这个……真的没问题吗?"

他在说什么？只是起个名字而已，能有什么事……

"嗯？应该没什么。"

说完，我继续给哥布林起名。

利古鲁德好像又说"那样的话……"什么的，不过我没听进去。

哥布林的名字都起好了，现在轮到牙狼族。

牙狼族的新头领是前头领的儿子。

他不仅体格和亲生父亲一样魁梧，整体风格也一个样。

我看着他金色的瞳孔思考着名字。

有了！就叫"岚牙"——暴风之牙！我又毫不费力地起了个名字。

我的姓氏是暴风的意思，岚在日语中也是暴风的意思，暴风之牙即为岚牙。

起个名字而已，随意一点就好。我在这方面的品位不大行。

我为他起名岚牙的瞬间，我感觉到自己体内的魔素全部被吸走了。

强烈的虚脱感向我袭来！

这是……怎么回事？我的身体变成这样之后从来没有过这种疲劳感。

"提示。体内的魔素剩余量已低于一定数值，将转换为不活跃状态（睡眠模式）。此外，预计于三日后完全恢复。"

我有意识。

因为我不需要睡眠。

"大贤者"的声音也听得到。我慢慢理解了这段话。

第二章
哥布林村之战

魔素使用过度……吗？大概和耗尽 MP（魔法值）差不多吧。

不过，我做了什么消耗魔素的事？是此前积累的疲惫一口气涌上来了吗？

感觉也不大像……

我动弹不得。

看来不活跃状态（睡眠模式）和冬眠差不多。虽然我没睡着，但身体动不了。

利古鲁德正慌慌张张地检查我的身体。

不过他也没什么可做的，只不过是把我放到火堆旁的专座上而已。

我有意识，但却什么也做不了。

我在思考现在的状况。

起名字会耗尽魔素，这是为什么？

难道仅仅是起个名字就会消耗魔素吗？

说起来……给牙狼头领起名字的那一瞬间，我好像流失了大量魔素……

难道给魔物起名字会消耗魔素？这个假设应该错不了。

我花了两天时间得出了这一结论。

想到这里，我想起了利古鲁德说的为我担心的话。

等等，难道对魔物来说，这是常识？

我的第一反应是"你怎么不早说"。不过，他好像有说过，是我没听进去。

为这事抱怨就是在拿别人撒气。不过，等我能自由行动之后应该会抱怨吧。

撒气？我可不管。

不知什么时候，哥布林们为了给我擦拭身体的次序而吵得不可开交。

你们在干什么？不开玩笑，这种服务我可不要，还是饶了我吧。

该怎么形容呢……他们好像把我当成了某种神奇的摆设，只要摸一摸就能得到好处。

三天之后……

完全恢复！

虽然我这状态是魔素枯竭导致的，但我感觉现在的魔素总量比倒下之前还多。

魔力就是用于操纵的力量。

魔素就是魔力所使用的能量的基本元素（本源）。

这种认知应该基本正确。

临死之际会变强——大概是这种感觉吧？

有一瞬间，我产生了试一试的想法，不过还是算了吧。

感觉没这个必要，而且这可不是闹着玩的，万一把握不好分寸真死了就玩完了。

毕竟我是很容易就会越界的男人，一旦大意就完了。

接下来……

正在工作的哥布林们发现我已经醒来，于是都围了过来。

在外的牙狼也进来了。

这倒是不错。不过，这到底……

"你们……是不是变大了？"

是的。

第二章
哥布林村之战

哥布林的身高本来在 50 厘米左右。可是现在好像有 180 厘米。

我眼前的家伙好像有两米多。

嗯？这是……哥布林？

牙狼们也是，原本浓茶色的毛变为漆黑，很有光泽。

他们好像大了一圈，有的个体体长甚至接近三米。我记得他们原本只有两米左右……

最引人注目的是前面那只走路没有声音的。

他体长接近五米，散发着异样的妖气，风格与其他牙狼截然不同。这副巨大身躯完全凌驾于被我打倒的牙狼族头领之上，缠绕周身的霸气明显是高阶魔物的象征。

额头上有个显眼的星形标志，那里长着一根锐利的角。

这样子有点吓人。

那个可怕的家伙流畅地对我说："主人，衷心祝贺您身体康复！"

难道……这家伙是"岚牙"吗？！

这三天到底发生了什么？

魔物们不顾我的疑惑，发出了喜悦的吼叫。

*

唔……在这三天，魔物们变大了。

我很意外。

这个……已经可以说是进化了。

起名字难道能促使魔物进化吗？

说起来，维拉尔德说过给你名字之类的话……

我记得他说过"无名(Nameless)魔物"和"持名魔物"之类的话。

对了！对魔物来说，得到名字就等于成为"持名魔物"。这意味着魔物的地位提高，结果就是促使魔物进化。

原来如此……难怪他们会那么高兴。

这样一来，我的魔素被吸收殆尽的原因也水落石出了。

魔物的进化真是惊人。

这哪里是成长，可以说已经变成了另一种魔物。

哥布林原本浑浊的眼中闪耀着知性的光芒。

至于雌性哥布林……竟然变得很有女人味！

我吃惊得说不出话来。

嗯？……嗯？！

我又看了一眼。

他们本来形似猴子，是和小鬼差不多的魔物。

可现在，雄性哥布林进化为"大型哥布林"，雌性哥布林进化为"哥布林美女"。

我询问利古鲁德，他说他听到了"世界通知"。

他兴奋地对我说："成功进化的人全都听到了，这事实在少见！"

不过，这非常不妙。

之前用破布包裹全身的雌性哥布林，大概是因为进化的缘故，现在凹凸有致，很有女人味。

看来不能小看雌性哥布林。

雄性看到她们显得非常高兴。

但他们自己也只缠着一条腰布……

首先必须想办法解决"衣食住行"中的衣。

第二章
哥布林村之战

另一个问题是"岚牙"。

他看到我恢复似乎很开心,一直围着我转,不肯离开。

我对毛茸茸的动物没什么抵抗力,但一定要说的话,我是猫派。

算了,反正我也不讨厌。

"岚牙……我记得只给你起了名字,可是为什么牙狼们全都进化了?"

对了,魔素就是在我给岚牙起名字的时候流失殆尽的……

"主人!我们牙狼族'一即是全'。所有的同胞彼此相连,因此,我的名字就是种族的名字!"

嗯嗯。

那个名字成了种族共同的名字,整个种族一起进化了。

据他所说,前头领没有完全相信"一即是全"的说法。

如果他相信的话,那场战斗的形势可能会有所不同。

相信这一说法让岚牙完全控制了同胞。因此,他成功地让种族从牙狼族进化为岚牙狼族。

岚牙似乎想说:"总之他们变强了!"

他好像很期待褒奖。

听到我说"那太好了!"之后,他的尾巴都快甩掉了。这份可爱和他的巨大身躯一点也不搭。

不过,体长五米如怪物般的巨狼摇动尾巴扇起的大风真可怕,我差点被吹飞了。

"你稍微考虑一下别人!"

看到我瞪着他说出这番话,他垂头丧气很是失落,样子非常好笑。而且他还把体长缩小到三米左右。看来他可以随意调整大小。

我在心中感慨这种便利,同时命令他平时就保持这个样子。

113

不过问题是要把这些家伙养在哪里?

组成搭档的狼和哥布林睡在一起……由于现在没有房子,哥布林就用狼的毛皮代替被子。衣服也是问题,房子也是问题。

那么,现在怎么办?

*

我眼前是堆积如山的食物。

我在确认衣食住行中的食物问题时,得到了答案。

据说在我魔素用尽的同时,大家都开始了进化。

一天之后进化完成,他们带着那份喜悦决定共同举办庆功宴!

不过我还没恢复,所以没能得到许可,于是他们就先准备食物。

我在魔力用尽时注意到他们争相擦拭我的身体,不过却不知道他们在进化和收集食物。看来在不活跃状态(睡眠模式)时几乎没有防御措施。今后必须要注意。

不过他们没有一味地等我下令,还做了自己力所能及的事,这种意识值得夸奖。看来进化也大幅提高了他们的智慧。说不定精神方面受到的影响比肉体更大。

说到食物,进化前他们还是哥布林的时候,他们会搜集果实和食用草,或者狩猎能吃的魔物和动物,以此为生。

现在,由于和岚牙狼族共同行动,他们的行动范围大幅扩大。

令人意外的是,成为搭档的魔物间似乎也能使用"思维传递"。

骑狼的哥布林比骑马更优秀。

这可不是单纯的战斗力相加。对之前无法战胜的魔物,他们现在也能轻松狩猎。他们从没在两天时间里搜集到这么多食物。

第二章
哥布林村之战

可是……

仅仅依靠森林的恩惠,一旦遇上什么意外生活就难以为继,找个机会教他们农耕吧。食物的稳定供应是美好生活的基础。

看来必须着手调查是否有适合农耕的作物……不过这事可以慢慢来。

今天先不管别的,好好享受宴会吧。

这一天,为了庆祝进化、战斗结束以及我的康复,宴会狂欢至深夜。

第二天,我让所有人集合。

虽然面对的问题堆积如山,但我有必要把最重要的事告诉他们。

那就是在这村子里生活的规则!

规则必须一开始就决定好。

集体生活必须遵守规则。这是我在原来人类社会的基本认知。

"规则是用来限制别人,不是用来限制自己的!"

虽然有的成年人(主要是我这样的)会说这种蠢话,但这种想法是错误的!

我考虑了三条基本的规则。

这三条是必须遵守的底线。

我计划把其他琐碎的规则统统交给别人制定。

"人都齐了吧?那我现在宣布规则!一共三条规则。我希望你们至少遵守这三条。"

一、不袭击人类。

二、不搞内讧。

三、不歧视其他种族。

如果细想的话还要增加很多规则,不过我估计他们一开始不会遵守那么多。我尝试列出自己看重的事，好奇他们有什么反应。

"明白！但是我们为什么不能袭击人类呢？"利古鲁问道。

利古鲁德恶狠狠地瞪着儿子。是因为他有违反我意愿的举动吗？

我本来可以耐心解释，不过……

"理由很简单。因为我喜欢人类！就这样。"

"原来如此！我理解了！"

嗯？理解……了吗？不，这么简单就理解了？

我环视众人，感觉没有不满。我本以为会有更多反对意见，不过能避开这个问题也不错。

"人类过着集体生活。如果对他们出手可能会招致很大的麻烦。如果他们对我们下死手，我们可能难以取胜。所以，我们禁止主动对人类出手。而且和人类和睦相处，我们会得到许多好处……"

没办法，我向他们阐述了事先准备的借口。

不用说，我当然喜欢人类！这才是我的真实想法。毕竟我本来就是人类。

听到我的说明，岚牙重重点点头。看样子，这话说到他心里去了。对他来说，对人类出手会招致灾难。

看表情，大型哥布林们好像更理解，这样就没问题。

"还有问题吗？"

"不歧视其他种族……是什么意思？"

"你们进化之后变强了吧？我的意思是不要得意忘形，不要趾高气扬地对待弱小的种族！虽然你们稍微强了一点，但要知道风水轮流转。等对方变强之后回来报仇就不合算了。"

所有人听得很用心。

应该没问题。

第二章
哥布林村之战

估计不是人人都听得进忠告。

不过就算这样，也应该尽量避免出现纠纷。

"总之，你们给我尽可能遵守！"

就这样，我为这座村子定下了新的规则。

所有人都点头示意。

新的集体生活拉开了帷幕。

那么，制定规则之后就是分配工作。

在周围警戒的人。

修理，准备食物的队伍。

搜集生产材料的队伍。

修理准备房子、道具等物的人。

岚牙狼族拥有"思维传递"，所以村子的警戒由没有搭档的岚牙狼族负责。

没有搭档的岚牙狼有七只，不过岚牙首领一直黏着我，所以剩下的六只进行警戒。

细节就交给前村长利古鲁德负责。

"利古鲁德，我任命你为'哥布林领主'！你要好好治理村子。"

换句话说，我把事情交给他了。

这简直是一口气把事情统统丢给他。

不过，你想想看，我以前在大型建筑公司工作，根本不懂治理之道。最重要的是，我还想去人类的城镇上看看，不想被绑在这座村子里，哪里都去不了。

我就算逼也要逼到他接受这项工作。

虽然我这么想，可是——

"是！我利古鲁德鞠躬尽瘁死而后已！"

他感激涕零地接受了，丝毫没有推脱。

嗯。基本上，我只要动动嘴皮子就行了。

"君临天下而不亲力亲为。"

这句话说得真好。看来我偶尔动动嘴皮子就好了。

不过这个利古鲁德……他本来是个步履蹒跚、风烛残年的哥布林……可是现在却成了一个健壮魁梧的壮年哥布林。搞不好他比自己的儿子利古鲁还强，这究竟是怎么回事……难道这就是魔物的神奇之处？

"嗯。交给你了！话说，我看到你们在盖房子，不过盖得很不像样啊。"

老实说，这根本称不上房子。这也没办法，他们终究是哥布林，技术活根本不能指望他们。

"说来惭愧……因为我们此前都不需要那么大的建筑物……"

"嗯。毕竟你们变大了。之后是穿着方面……太暴露了。你能弄到衣服吗？"

"啊！有一伙人类和我们有过几次交易。也许能从他们那里弄到衣服。而且他们很灵巧，也许还知道怎么盖房子！"

嗯。

我也在大型建筑公司工作过，所以看得出好坏，不过我自己只会一点业余木工活。

我的技术不足以指导他们盖房子。既然有人能够指导他们盖房子——那就应该去看看。

"我懂了。也许我们应该去看看。那你们用什么进行交易？钱吗？"

第二章
哥布林村之战

"不是,虽然我们多少有些从冒险者身上盘剥下来的金钱等物,但我们一直存着没有使用。我们一般是以物易物或者通过干杂活来筹措物资。"

"哦。他们是怎样的人?"

"他们是矮人族。"

矮人?就是那个有名的种族吗?他们可是公认的锻造达人!

这可非去不可!

说起来,我之前的注意力都放在衣服上,其实这些家伙的武器基本也惨不忍睹。

铠甲更是与破布无异,也没人去管现在是否还合身。

这些都有必要改善,看来可以借此机会一口气把问题全部解决。

可是,利古鲁德说从冒险者那夺来的物品能用的都用光了,钱也没存下多少,要用什么和他们交易呢?

现在也想不出什么办法⋯⋯

"我们去看看。利古鲁德,你能办好吗?"

"请交给我吧!今天白天我就把一切准备妥当!"

利古鲁德干劲十足。

这事就交给他吧。他应该会把所有的钱都拿出来吧?话虽如此,但不能太期待。

这个世界的货币吗⋯⋯如果是纸币,那就太可笑了。

我才想到自己身无分文。这个世界光是有货币的概念就已经值得庆幸了。虽然我估计这世界有通用货币,但我不知道货币的流通形式。

如果去人类城镇的话,金钱的形式也必须调查一下。

不过这也是见过矮人之后的事。我这段时间一直很忙,就悠闲地去会会矮人，顺便参观参观吧。

我迟早要去人类的城镇。在这之前，先去参观一下矮人的城镇也是不错的经验。

矮人虽然是亚人种，但据说他们住的城镇很大。而且还有个矮人王，不过哥布林应该没机会见到。

即便是进入城镇，对我来说也很困难。

他们不会歧视哥布林吧？

我也算是魔物史莱姆，他们不会被吓到吧？

尽管抱着种种不安，但我更期待和矮人见面。

这天夜里，我非常激动，我已经很久没有这种心情了。

少女与魔王

伊芙利特的附身让我捡回了一条命。

这是毋庸置疑的事实。因为如果没人帮我的话,我应该会在空袭中死于严重烧伤。所以,不管魔王莱昂有什么目的,我的性命都是他救的,我不得不承认这一事实。

伊芙利特是高阶炎之魔精,它所拥有的能力不是我这个当事人所能想象的。我难以控制从体内喷涌而出的魔素,身体被控制了。不过,不知道是否该说拜此所赐——由于成功稳定下来,我获得了一项能力。

那就是专属技能"异变者"。

本来,在被伊芙利特控制的同时,我的自我意识就会灰飞烟灭,但专属技能"异变者"让我得以保持自我。尽管身体的支配权在伊芙利特手上,尽管我正渐渐与炎之魔精同化,但我仍能保持自我。

魔王让我站在他身旁。

虽然已经与伊芙利特同化,但我的身体仍很幼小。即便魔王坐在椅子上,我也要抬起头才能看到魔王的脸。

我身体的支配权归伊芙利特,所以我什么都做不了。唯一能做的就是看着眼前的景象。

虽然我不会感到疲惫,但这一切极度无聊,让我有些痛苦。不过,我很快就接受了现状,也许这也是受与伊芙利特同化的影响吧。

那时——

"莱昂大人,有入侵者!"魔物麾下的骑士惊慌失措地跑进书房叫道。

我和平常一样站在魔王身旁。我就这么一动不动地站着,毕竟我什么都做不了。

一名身穿黑色铠甲的骑士拿着剑站在魔王右侧。

"嘎——嘎嘎嘎!魔人凯尼西来问好了。"

一个半人半鸟的怪人突然闯进来,用刺耳的声音嚷道。

"莱昂,只要打倒你,本大爷就能成为魔王。你之前不过是区区一个人类,这样的家伙竟然敢自称魔王,实在是不自量力!我会接替你的位置,你就安心去死吧!"

接着,那个怪人又开始自说自话,不过莱昂的表情毫无变化。

"嗯,虽然只有我一个,但留下护卫果然是正确的。看来有小人物闻着味找到了这里。"

黑骑士丝毫没有慌张,他冷静地对魔王说完之后便拔出了手中的剑。

"哼!反正——只是受人唆使罢了。不过来得正好。"说完,魔王看着我,"伊芙利特,到你出场了。"

他在说什么?我很疑惑。

"怎么了?伊芙利特。"

我的疑惑影响到他了吗?魔王也是一副不解的表情。

"竟然不把我放在眼里,无视本大爷可是……"

那个名叫凯尼西的怪人(看来应该是个高阶魔人)将长着翅膀般的手臂交叉举到眼前,我们两人的举动似乎让他很着急。

这时,我看到凯尼西的手在发光。

"确认完毕。已成功获得高阶技能'魔力感知'。"

我的脑中响起了一个不可思议的声音。我无视了那个声音,下意识地走了出去。一步、两步……我回过神来,发现自己站在魔王莱昂身前。

那姿势就像在和魔人凯尼西对峙。

"你这饿鬼想先来送死吗?不过早晚也没区别。本大爷要杀了那边的假魔王——"

他喋喋不休的声音非常刺耳,不知为何,我感到很不快。

我看到眼前这个魔人正将他的魔力注入双翼。

"去死吧!"

话音落下后,他慢悠悠地放出了羽毛。看来他是将羽毛射向我们两人。

每支羽毛都十分锋利,只要被擦到就会皮开肉绽,似乎会很痛。

想到这里,不知为何我燃起了猛烈的怒火,我的脑袋如熊熊燃烧的火焰一样炽热。这应该是和我同化的伊芙利特的怒火。

接下来的一切在眨眼之间便结束了。

一瞬间,所有的羽毛都被烧为灰烬,火焰继续舞动并缠住魔人凯尼西。我仔细一看,发现自己的右手往前伸出,从手掌伸出了一根鞭子般的火焰。

"嘎……嘎!住……住手。着火了……住手……住手——"

魔人凯尼西好像想喊什么,不过他没把话说完就被我的火焰烧为灰烬了。

我的心中充满了恐惧。

我明白自己亲手杀了眼前的魔人。可是,我的心中却有一种满足感。我感觉自己做了一件应该做的事，这是一种难以理解的感觉。

我感觉自己的心好像属于别人，一种难以承受的恐惧感向我袭来。

可是——

没多久，我的心情平复了。伊芙利特的自我占据了我的内心，冲走了我的不安和恐惧。

就结果而言，也许正是拜此所赐，我才能维持理智活下去。因为只有这样，我才不会在明白自己杀了对方之后产生罪恶感。不，也许我有罪恶感，但伊芙利特把这种感情压制住，让我感受不到。为了不让我这个宿主发疯、死亡……

虽然我并不愿意，但我和伊芙利特间不可思议的共生关系就这样开始了。

之后又发生了无数次同样的事，但我被迫看着自己为魔王莱昂杀死入侵者而没有任何感觉。

我没后悔。因为我当时年幼，不知道什么是非善恶，一切任由伊芙利特摆布。不过，我的身体在伊芙利特的意志的驱动下铲除碍事者，而内心对此视若无睹。

"呵呵，哈哈哈哈！有趣！你展现出坚强的意志，活了下来。我对你有所改观。"

那时，魔王看着我如是说道。不知为何，我没有感觉到不快——反而有点自豪。

"你的名字是……"

"静……江。"

"静……江？嗯，好。你的名字就叫静。从今天起，你就叫静！"

我听到后，顺从地接受了这个名字。

我是……静。是的，我不是井泽静江，现在活着的是静。

就这样，我成了炎之魔人，在魔王城占据了一席之地。

是魔物身边的高阶魔人。

*

我使用静这个名字已有数年。

这时，我已经可以在一定程度上以自身的意志行动。我和伊芙利特的共生关系融洽之后，我也彻底放下心来。

魔王莱昂居住的城堡里有训练设施。

黑骑士在训练场中担任教官，指导年幼的亚人和魔人们（虽然其中也有成年人）。他十分严厉，不合格的人可能会没饭吃。所以，人人都疯狂地拼命训练。我也学会了在不依靠伊芙利特力量的情况下凭剑战斗。因为我不想输给其他人，讨厌受到特殊待遇。因此，我的剑术有了很大进步。

那一天，我和一个名叫皮莉诺的少女成了好友。

她的年龄比我稍大，是个大方恬静的女孩子。

我们进行实战训练去森林狩猎时，我和她说上了话。我觉得每次都要绕道的皮莉诺很可疑，于是就悄悄跟在她后面。

"啾！"

我发现皮莉诺正和风狐幼崽嬉戏。看来皮莉诺一直偷偷留下食物喂养它。虽说是魔兽，但它现在还无法独自狩猎，只是个可爱的小家伙。它与父母失散，虽然形单影只，但仍努力求生。

"啊——"

皮莉诺一看到我，就吃惊地把风狐藏到背后。不过，她似乎知道藏不住了。

"我在照顾这孩子……因为，它还那么小，很可怜……求你了，放过它吧？"

皮莉诺走过来向我哀求道。她的眼中带着不安的光芒，但我能感受到她想保护这个小生命。

我好像很羡慕这只风狐。

和我不一样，它不是一个人。

"嗯，好啊。不过，能让我一起照顾它吗？"我小心翼翼地问道。

皮莉诺愣了一下，然后满面笑容地说道："嗯！我才是，拜托你了。我叫皮莉诺，请多关照！"

我也报上名字，我们互相做了自我介绍。皮莉诺是我出生以来的第一个朋友。

"这孩子叫什么名字？"

听到我的问题，皮莉诺露出了不可思议的表情。

"名字？魔物没有名字啊。因为我们的心是相通的，对吧？"

"可是，只有这孩子没名字，它好可怜。那我来想个名字，好吗？"

"这……可是不能给魔物起名字，因为……"

"求你了！好吗？"

我当时没理解皮莉诺的话。可是，我无论如何都想给风狐幼崽起名字。在我的一再请求下，皮莉诺勉勉强强点头了。不过，她马上也和我一样饶有兴致地考虑起风狐的名字。

风狐的名字是皮兹，我们都很喜欢。我们两人考虑了很久，最后从两人的名字皮莉诺和静中各取一个音。这名字就像我们两人友情的证明，我很开心。

"啾！"

我和皮莉诺一喊皮兹，风狐幼崽就开心地应道。

它好像很喜欢这个名字，我也很开心。皮莉诺也开心地笑着。

（啊，真开心！）

我一直很孤独，是皮莉诺和皮兹给予我心灵的平静。

从那时起，我们两人经常去看皮兹。

风狐幼崽被起名皮兹几天后，它从能放在手掌上的小不点长到和人头差不多的大小。虽然很意外，但它很亲近我和皮莉诺，所以我们也没在意。而且看到它能自己捕猎，我们还为它感到高兴。

"静，我们能把这孩子带进城堡里吗？这孩子很聪明，会有用的……"

"咦？"

说实话，我想把它当成两人间的秘密。可是看到皮莉诺恳求般的表情，我说不出口。

因为我不想因自己的任性让皮莉诺伤心。

城堡里也在培养魔兽。皮莉诺强调这样一只既聪明又亲人的风狐能成为使魔。

所以我答应了，我们没多想就把它带了回去。

然而——这成了悲剧的开端。

"啾！"

我们在城堡大厅遇到了魔王莱昂。如果说这算不幸的话倒也没多大问题。可是，事情并非如此。因为我太无力了，没有资格照顾其他人。

少女与魔王

"……快逃，快逃啊……皮兹！"

遇到魔王莱昂后，皮兹陷入了恐慌。它从皮莉诺的怀里跳出来，还威吓起魔王莱昂。而魔人感受到皮兹对莱昂的敌意，醒来了。

我突然无法自由行动。

皮莉诺就在我身旁，可她的声音却是那么遥远。

伊芙利特无视我的意志，对发出威吓的皮兹露出獠牙。我伸出手抓住皮兹把它烧死了，我想阻止却无能为力。我亲手烧死了皮兹。

事情还没结束。

从我手中放出的火焰化为猛烈的白色旋涡袭向刚才抱着皮兹的少女。皮莉诺化为灰烬消失了，没发出任何声音。

仿佛这里一开始就没人。

炎之魔人恭敬地向魔王行了一个礼后便再也没有动静了，他似乎终于满意了。

（刚才怎么了？）

我跟不上现实，一直呆呆地站在那里。

（我……我的手……我的身体……身体……自己动起来……了？为什么？要用……火焰……我做了……什么？）

几小时后，我才明白过来，伊芙利特把皮兹连同它的主人皮莉诺视作敌人。

是的——我用这只手杀了我的朋友。

我吐了。吐光胃液之后，我仍在呜咽。

既然要杀，不如把我也杀了……

后悔和悲痛占据了我的内心，令我几近疯狂。然而，我又很快就便平静下来，仿佛什么事都没发生过。

我想哭却流不出眼泪，想发狂却无比冷漠，想大吼却发不出声。

关于我变成史莱姆这档事 1
Regarding Reincarnated to Slime

　　难道我连内心也变成魔人了吗？无尽的恐惧涌上心头将我淹没，但片刻之后我就恢复了冷静。我已不再是人类。我知道，无论自己如何祈求都无法获得普通的幸福。

　　从那天起，我不再哭泣。反正我的泪水已经干枯了，一滴都不剩。

　　因为那一天我失去了作为人最重要的东西。

　　魔王莱昂冷冷地看着我，没有任何惩罚，只是静静地看着我。

◨◨◨ 少女与魔王

第三章

矮人王国之旅

第三章
矮人王国之旅

利古鲁德没有食言,正午前就把一切准备妥当。

前往矮人王国的人员也在紧锣密鼓地挑选。

以他的儿子利古鲁为首一共五队。之后是我和岚牙。

话说回来,利古鲁不顾队长的工作没问题吗?

我有些担心,不过他本人似乎毫不在意。

利古鲁德那家伙好像也变年轻了,显得干劲十足,也许是我多虑了。

接过行李后,岚牙开心地让我坐到他背上。

啵哟哟——我陷进岚牙毛皮里。比我想象的更柔软,感觉很棒。

为了防止掉下去,我用周围的毛把自己的身体固定住。现在轮到"粘丝"出场了。在这种时候,没有手脚真的很不方便,我只能用这项能力替代。这种机会也要充分利用起来。

我悄悄地练习操纵蜘蛛丝。

用丝斩杀敌人,这不也是一种浪漫吗?我也不知道自己能不能学会,不过我有的是时间。我要脚踏实地地不断练习。

包袱里装的是金钱和食物。

食物是三天的量。我们计划如果耗时过长、食物不够就自给自足。

虽然也能带一些不易腐坏的食物去,但我不想带太多东西。

虽然我的胃里多少东西都装得下……但太宠他们好像不大好。

正因为我不需要食物,所以才能冷静地做出判断。

钱一共有七枚银币、二十四枚铜币。

毫无疑问,这不是什么巨款。

不过我原本就不抱期望,所以没问题,之后要想想到那边后该怎么办。

*

按哥布林的脚程,去矮人王国好像要两个月。

森林里有一条阿米鲁特大河。

到了这条大河就会看到一条山脉。

我们的目的地矮人王国就在那条山脉中。

东方有个帝国,鸠拉大森林周边有多个国家。把它们隔开的就是卡纳托山脉。因此它们之间的贸易路线有三条:一条线路要穿越鸠拉森林;另一条要从险峻的山路跨越山脉;最后一条是海路。

穿越鸠拉大森林的那条本来是最短、最安全的路线,但不知为何少有人走。跨越大山脉的险峻山路是贸易的主流路线。

至于海路,不仅成本高昂,还要面对海中巨大魔物的威胁。因此是最少使用的路线。

除这三条路线外,也能经由矮人王国,但要缴纳通行税。另外,运输商品时不仅要交关税,货物也必须接受检查。要防止商人把危险物品带入国境就必须进行检查。人少的话倒是没什么,但商队要想通过的话,花费的时间和成本就太多了,所以商队都退避三舍。

经由矮人王国的话,安全方面可以保证,所以要在利益、资金间权衡。

这次我们不需要去帝国。

往东走出森林就是帝国,但我们的目标是北上前往卡纳托山

第三章
矮人王国之旅

脉。

我们不需要登上山顶。矮人王国位于阿米鲁特大河上游、卡纳托山脉的山麓。

那里有座由山脉的自然大洞窟改造而成的魅力都市。

那就是矮人王国。

我们按照计划沿着阿米鲁特大河北上。

由于是沿着河岸行进,所以不会迷路。不过以防万一,我也在脑中显示出地图。

据说有个哥布林曾去矮人王国传过一次令,所以领路的事就交给他了。

他在我前面带路。

不过,进化为黑狼(即岚牙狼族)的牙狼们非常快,而且也看不出疲态。

我们启程后过了约三小时,一次也没休息过。而且他们是以接近八十千米的时速持续奔跑。

之间也有凹凸不平的岩石地段,但他们如履平地。而且骑在他们身上的人也不会感到颠簸和疲劳!

我感觉非常舒适。

按这个速度,也许不出一周就能到。

不用勉强,慢慢来就好。

虽然想尽早准备好衣服和住所,但急也没用。

"喂——你们没必要这么赶的!"我对他们说道。

不知为何,速度又快了一些。

感觉这三小时的速度比骑摩托还快,我一路欣赏飞快流逝的风景，不过现在也差不多看腻了。

正常来说，要在这样的速度下说话是极难的事，但我在捕食了牙狼族头领后获得了"思维传递"。大家一起其乐融融地边聊天边享受这段旅途好像也不错。

想到这里，我和其他人组建起了思维网络。

那么，要从哪儿开始聊呢……

"利古鲁君。话说，你哥哥的名字是谁起的？"

"在！您直呼我的名字就行了！据说我哥哥的名字是一个路过的魔族男性给他起的。"

"哦。魔族来哥布林村吗？"

"是的。差不多是十年前的事。当时我还是个孩子，那个魔人在村里停留了几天，据说是因为他认为我哥哥有潜力。"

"嗯，你哥哥好像很优秀啊。"

"是的！他是我引以为傲的哥哥。连那位魔族的格鲁米德大人都说希望哥哥有一天能成为他的部下！"

"他当时没带你哥哥走吗？"

"当时我哥哥还很年轻，那位大人说过几年，等哥哥变强之后会再来一趟，然后离开了。"

"这样啊。那他下次来的时候应该会被你们巨大的变化吓到吧！"

"是啊。不过我现在服侍的是利姆鲁大人。虽说是光荣的魔王军，但我也不能跟格鲁米德大人走——"

"魔王军？原来还有魔王军啊。话说，现在还不知道魔王军会不会要你？你很有自信嘛。"

"嗯，不是自信，是确信。虽然我哥哥是持名魔物并完成了进化，但他的变化没我这么大。很明显，我们进化的层次不同。我本以为自己这辈子都听不到'世界通知'，我太感动了！"

周围那些哥布林听到这话后也点头表示赞同。

是这样吗？

魔物有了名字之后就会进化，但起名者会影响进化的结果吗……

下次如果有机会对比的话，就试验一下吧。

不过，原来这世界上真的有魔王军啊！

魔王会进攻人类吗？如果真到那时候，我该站在哪一边？

这就留到魔王真进攻了再考虑吧。

好在还有"勇者"，按常理来说，魔王的对手应该是勇者。

但是已经过去三百年来，勇者是否还活着也是个问题……

她一定某种手段精力充沛地在修行吧。

我还是先记下这件事。

接着是下一个话题。

"岚牙，我是你的杀父仇人吧？你不在意这件事吗？"我对与我十分亲近的黑狼问道。

"说实话，我没想过这个问题。在战斗中的胜败对魔物而言是不可避免的。不管什么战斗都是胜者为王，败的一方一无所有。主人不仅放过我们，还给我们赐名！我感谢都来不及，更谈不上什么恨了。"

"嗯……如果你想报仇的话，我随时欢迎。"

"呵呵呵。进化之后，我有了更清醒的认识。之前战斗时如果主人动真格的话，我们就全部没命了。那样的话，我们整个种族便就此消亡，进化的夙愿也无法达成。我们的忠诚只属于主人！"

他在说什么……

如果我拟态为黑蛇的话，确实有可能让他们全灭，不过我可不喜欢危险的赌局。这家伙的评价太夸张了。

不过，他的误解对我也无害……

"你能明白？看来你也有所成长嘛！"

"哈哈！不胜感激！"

我随意应付了一下他的话，点了点头。

毕竟我杀了他的生父，说没有怨恨，肯定是假的吧。

即便有一天，岚牙来找我报仇，我也会欣然接受吧。

我也不能大意。在此之前，我必须要切切实实地变强。

毕竟现在岚牙的实力不管怎么看都不亚于黑蛇……

我们就这样边聊边走。

一切远比预想的要顺利。

"我们是不是有点太赶了？"

"没关系！托进化的福，我们现在可不会因为这点路就感到疲劳！"

"请别为我们担心。虽然我们不像主人一样不需要睡眠，但也无须长时间的睡眠！也不需要频繁进食，就算几天不进食也不成问题。"

利古鲁说完，岚牙也补充道。

我看了看其他人，他们一个个都活力十足。

这样看来，我倒像是最没干劲的一个。

他们马不停蹄地跑了半天……这些家伙现在真的很强壮。

第三章
矮人王国之旅

第二天结束了，在就寝前的进食时间，我向哥布塔打听我们的目的地矮人王国的事。

"是……是！那……那个，正式的名称是武装国多瓦贡。矮人王被称为英雄王——"

听到我的询问，他显得很着急，似乎既紧张又兴奋。

他回答时慌到让人怀疑他是不是咬到了舌头。

据哥布塔所说，现在的加泽尔·多瓦贡是第三代矮人王。他是霸气十足的伟大英雄，与他祖父年轻时十分相似，而且公平公正地统治着这片土地，是名望很高的贤王。可谓是活在现代的一名英雄。

自矮人的第一代英雄王古兰·多瓦贡建国至今已有千年。现任英雄王继承第一代的遗志，传承并发展矮人王国的历史、文化以及科技。

这位贤王所治理的土地就是武装国多瓦贡。哎呀呀，既然是在长命的英雄王治下，想必这是一个繁荣昌盛的国家吧。

我听后十分期待，询问还要多久才能到达目的地。

"话说，哥布塔，你知道还剩多久的路吗？"

"我也不确定，不过我觉得明天应该能到！因为我们离山脉已经很近了。"

原来如此，我听后转过头，山脉看起来已经十分高大了。

直到昨天还看不到这条山脉，真是不得了的前行速度。

"话说，我突然想到一件事，你之前去矮人王国做什么？偶尔会有行商来村子里吧？"

我之前问利古鲁德有关哥布林王国的事时，听说有个行商的狗头族。

特地花两个月时间前往矮人王国真是奇怪。

"在！那些魔法武器和防具，矮人族会花大价钱购买。话虽如此，其实他们是用各类道具来支付……我们让行商运过去，他们真是帮了大忙了！而且村子周围的魔物都不会使用魔法装备……"

原来如此。

也就是说，哥布林偶尔会去矮人王国卖冒险者的装备吧。难怪他们一件像样的装备都没剩。

狗头族看不出物品的好坏，所以哥布林特地前往矮人王国应该能卖个好价钱吧。按理说，会被哥布林打败的一般都是森林中迷路的新人之类的。我本以为那些菜鸟应该不会有什么厉害的装备……

"不只是这样。矮人们制作的武器等物品都是质量上乘的好东西。这些好东西的品质甚至能得到人类的认可。无论是人类还是亚人，甚至还有拥有智慧的魔物都会去那里探寻这些好东西。矮人王国有禁令不得在其境内挑事，这是那里的传统。"

哥布塔结结巴巴地解释完后，利古鲁又补充道。

比起出售装备，购买必备道具是更为重要的目的。而最重要的是矮人王国的中立性使得魔物也能在这里筹措到道具，不会被区别对待，这是这国家最大的魅力。

"多瓦贡强大的军事力量是这一禁令的保障。我听那些狗头族的商人说，矮人军号称这千年来未有败绩……"

据说矮人王国不仅拥有高火力的魔法兵团，而且还有重武装的步兵为其提供铜墙铁壁般的保护。他们的敌人在突破步兵的铜墙铁壁之前就会被魔法攻击组成的火力网消灭殆尽。

其实力的证明就是由高超技术打造的装备。

由尖端技术打造的装备在性能上有压倒性的优势。应该没人想在拥有如此武力的国家里惹麻烦吧。

第三章
矮人王国之旅

自然也没人愿意与矮人族为敌，人人都选择与他们缔结友谊。所以，在矮人族的地界，即便遭遇魔物，也很少有人会蠢到与之动手。

即便是魔物也能顺利买到道具，不会被区别对待。这么看来，矮人族说不定是个和善的种族。如果顺利的话应该能和矮人族建立起友好的关系。

应该说，一定要顺利和矮人族建立友好的关系。

人类与魔物共存的都市——矮人的王国应该是这片土地上奇特的地方之一。

这座都市中满是用于斗争的道具，同时又是一个和平的国度。武器商人的根据地却是离争端最为遥远的地方，从某种意义上说……这也许是件很讽刺的事。

这就是我在旅途中听哥布林描述的武装国多瓦贡的概况。

我们启程之后过了整整三天。

卡纳托山脉的山麓上一望无际的草场。

经山脉的大洞窟改造而成的美丽都市。

大自然创造的天然要塞，武装国多瓦贡，矮人的王国，我们到了。

门前排着队。

这扇大门把天然的大洞窟与外界隔开。

只有在军队进出时才会打开，频率大概是每月一次。

很遗憾，今天大门关着。

那扇大门的下方设有专门用于进出的侧门，平时人们都从这里进出。

大门两边都有侧门，不过右侧的门外没人排队。

看来这是留给贵族等大人专用的通道。人群在左侧的通道外排着队，有的人可以自由出入，而有的人要在房间里接受检查。

左侧森严的警备体制不负武装国之名。

这是名副其实的武装国。

进去之后行动好像较为自由，不过……这队也太长了。

旅途时间似乎还不如在这里等待的时间长。

"不愧是矮人王脚下，这大门真是威严庄重。"

"快看，那个士兵身上的防具，我们工作十年都买不起……"

"那是当然。毕竟连东方帝国也要避免公然挑事。看到那身装备自然就明白原因了。"

"那还用说。找矮人的茬等于自寻死路。无论哪个国家都不愿遭到猛烈的报复，不愿被蹂躏吧。"

我站在左侧通道的队伍中观察周围的情况，听到了这样的对话。

这世界的矮人似乎没我想象中的温和，矮人的性格似乎有些过激。

这国家是自由贸易都市，是不同种族间交易的中心枢纽，因此要保持绝对中立都市的形象。矮人英雄王不允许这都市内部有武力行为。据说这在冒险者间流传甚广。

要维持和平就必须要用武力，这一点似乎在异世界也一样。

我正想着，突然听到了不明所以的对话……不对，是对我们有敌意的声音。

"喂喂！这地方有魔物？我们还没进城，可以在这里杀魔物吧？"

"喂，你们排什么队？你们也太狂妄了。如果不想被杀的话就

第三章
矮人王国之旅

让开！还有，把东西统统留下。乖乖听话，我这次就放过你们！"

现在这里只有我和哥布塔两个。毕竟带着一伙只缠着腰布的家伙实在有伤风化。于是，我决定由负责带路的哥布塔和我两个进去。

利古鲁他们好像也想去，不过我没同意。

他们就在森林的入口露宿，等待我们回来。

所以就我们两人在排队，难道我们看上去很好欺负吗？

看来我们被两个不想排队的冒险者盯上了。

"喂喂，哥布塔君，你有听到什么吗？"

"有，我听到了……"

"你之前来的时候也有人找事吗？"

"当然有！我在这里被人揍，狗头族商人把我捡回来的！如果没有他们，我说不定就死了。"

"……有人找事啊，那没办法了吗？"

"这就是弱小魔物的宿命……"

好像有人来找事，而且，还说这是理所当然的。

如果他早说就好了……

哥布塔垂下头，眼中有些悔意，似乎突然想起了什么。

他现在和我说话终于不会紧张了，这次的事会让他又回到起点吗？

我有些担心。

"喂！区区杂鱼魔物还敢无视我们！"

"话说回来，会说话的史莱姆很罕见吧？这么稀罕的东西能卖点钱吧？"

两人喋喋不休地说道。

我本来可以像佛祖一样慈悲，不过现在开始有些生气了。

"哥布塔君……你记得我之前说的规则吧？"

"是的！当然记得！"

"是吗？那你先闭上眼睛、堵住耳朵，等我一下！绝对不能看这边！"

"啊？虽然搞不懂，但我会照做的！"

这些规则是我定的，我却带头违反……如果让他产生这种想法的话似乎不利于教育。所以，我就让碍事的哥布塔君闭上眼睛……开始清理垃圾吧！

这时，右侧的男人的视线动了动。

我顺着那个方向看去，有三个人正笑嘻嘻地看着这边。

我眼前的两人一个是剑士，一个一身轻便装备，估计是盗贼系的职业。

另外三人，有两个穿着长袍，像是魔法师或者僧侣，还有一个大个子的战士。

这些人是一支队伍，先是两人过来插队。而剩下三人等我们被赶出来之后，再暗中解决我们，之后再若无其事地和那两人会合——估计这就是他们的计划吧。

他们是打算用这种手段杀死弱小的魔物、夺走货物吧。

这如意算盘打得真好。

不过……这次你们找错人了！

"喂喂！别插队啊！本大人宽宏大量，如果你们现在走开，我就不和你们计较了。赶紧到后面排队去！"我开始挑衅道。

那一瞬间，两人愣了一下，接着脸一下子变红了。

这些家伙经不起撩拨。

"该死杂鱼魔物竟然不把我们放在眼里！"

第三章
矮人王国之旅

"喂喂,你不要命啦!如果你老老实实地把身上的东西都留下的话,我们就放你一条活路……你要是再惹我们,那就另说了。"

其中一人说出了下三烂的台词。

哼!要在大型建筑公司工作,就必须要经得起凶神恶煞的大叔趾高气扬地使唤。而且外包方的业务员还有个会在头上胡闹的老板。

这些小年轻不痛不痒的威胁算什么。

"该死的杂鱼魔物?你是在说我吗?"

"除了你还能是谁!区区史莱姆不过是杂鱼中的杂鱼!"

"赶紧给我过来。既然你会说话,那我就留你一命,让你做魔物奴隶!"

魔物奴隶?还有这种事?

这事先放到一边。

周围那些商人和冒险者装扮的人也开始注意到这边的骚动。

首先必须让别人注意到这事。

虽然不清楚这世界有没有正当防卫的概念……但事后即便只有少量证言也好。

不过,会有好心的人类来救我吗?

如果是美少女就好了,不过我这史莱姆就不痴心妄想了。

"别一口一个杂鱼的,你那张嘴欠抽吗?而且你叫我史莱姆?"

"不管怎么看都是史莱姆啊!"

"你这家伙开什么玩笑!你这小东西竟敢耍我,饶不了你!我要杀了你!现在求饶已经来不及了!"

说完,那两人拿起武器。

啊!终究要除掉这些家伙。

啊。真倒霉,第一次和我说话的人类竟然是这些家伙。魔物都比你们更友好。

周围的人开始往后退，远远围观我们。估计是不想被牵连吧。

门卫急忙行动起来，似乎也注意到了这边的骚动。

我目光斜视，缓缓走上前去。故弄玄虚地说道："呵呵呵。说我是小东西？史莱姆？你是从什么时候开始误以为我是史莱姆的？"

不管怎么看我都是只史莱姆。不用说，他们肯定从一开始就认为我是史莱姆。

这是我的计谋……大概……

"你说什么？虚张声势也要有个分寸！"

"哼！既然你说你不是史莱姆，那就赶紧让我们看看真面目！等你死后就来不及道歉了！"

看来他们在等我变身。

正合我意！

估计就算不变身，我也能打赢他们。

不过我难以控制分寸，所以算了！我很可能会把他们劈为两半。我很难把威力调整到只让他们昏迷。

"好啊。让你们看看我的真面目！"

我故弄玄虚地叫道，同时解除对妖气的控制。

当然，只是少量。

我观察周围，确认是否有人察觉到这少量的妖气。远远围观的人群中有数人有所察觉。我眼前的两个蠢货和疑似他们同伙的家伙则浑然不知。

看来这些家伙根本不值一提。

试探到此为止。那么，变身成什么好呢……

我的身体喷出黑色的雾气。

这些雾气裹住我的身体……雾气散去后,我所在的位置出现了一只魔物——黑狼。

咦?之前捕食后,我立刻进行了拟态,当时还是牙狼族的形态,现在却和进化后的岚牙他们一样一身黑毛,而且身躯比普通的岚牙更有威慑力——额头上有两支角。

拟态:黑岚星狼(Tempest Star Wolf)。

……看来被我捕食的魔物系统进化后,我的拟态也会进化。不仅如此,从外观上看,我的进化似乎比岚牙更彻底。岚牙有一支角,从这点来看,我拟态后的等级应该比岚牙高。我身上散发出压倒性的力量。那两人再怎么蠢看到这副模样也该逃了吧。但这只是我一厢情愿的想法……

"哈!不管样子怎么吓人,你也还是只史莱姆!"

"喂喂,你以为这样就会吓跑我们吗?"

他们完全没注意到!

喂喂,我以为正常人都会注意到……不过如果要让他们知道怕的话,估计会出事啊!

正常来说,如果史莱姆变身的话,就算不知道是不是幻觉也应该要小心吧。

可是这些家伙却毫不在意。

也许是因为有三个同伴在暗处,所以胆子比较大吧……

我能使用的能力(技能)增加了。

有"超嗅觉""思维传递""威压""潜影移动""黑闪电"这五项。

"潜影移动"是岚牙他们正在练习的技能。

他们的目标是潜入搭档的影子里，在有需要的时候再出现。

现在他们正在做潜入影子的练习，之后的路还很长。

还有"黑闪电"……不用试也知道。如果使用这项技能，估计前面这些可悲的男人就被电成焦炭了。

不过我有可能小看了这项技能，他们被击中后可能会更惨。这样的话，我就没有技能可用了。

如果"威压"对蠢货有效就好了！从某种意义上说，蠢货是无敌的吗？

"哎呀呀……算了。这样太费事，你们上吧！"

我让他们先动手。不知道拟态状态下受到伤害会怎么样？

其实我曾做试验确认过。我当时变身为蜥蜴，不断承受攻击。

我那时发现承受的伤害超过一定量之后会解除拟态。当时，史莱姆本体没有受到伤害。估计是因为我用魔素覆盖在本体上，构成拟态，所以本体没有受到伤害。

限制是约三分钟内无法再次进行拟态，以及每个拟态的魔物都需要消耗魔素。

对我而言，魔素的使用量微乎其微，所以不是问题。问题在于时间限制。

也就是说，随便对手怎么攻击都没问题。

因为如果对手太强，我还可以在变回史莱姆的瞬间逃走。

"呔，你找死！"

听到我的话，剑士恶狠狠地砍过来。

"呜哦！风破斩！"

那是剑士的技能吗？他手上的剑泛着绿色的光芒。

不过很遗憾，这对我没用。他一脸可怜相地看着自己引以为傲的剑咔嚓一下断了……

在那个剑士发起攻击的同时，轻装战士也向我投出短刀。

不过——

虽然能一次投出三把短刀确实值得称赞，但其威力却不足以贯穿黑岚星狼的刚毛。

"你刚才做了什么？"我像个恶人一样，轻蔑地问道。不过我确实没受到任何伤害，如果我没看到还真不知道他刚才做了什么。

其实那只是个华而不实的技能？

"不……不可能！这刚毛到底有多硬……"

"不可能……这……这种事……不可能！我的剑可是白银打造的！对魔物有威力增强效果！"

……不，银制品很脆吧？这家伙在说什么啊……

"喂，你们也来帮忙！"

剑士不再顾及颜面，叫同伙上来帮忙。那三人果然是同伙啊。

"嘿！你完了！"

"哎呀呀……没想到我们也有机会出场！"

"史莱姆的变身魔法？我很感兴趣。死后把他解剖了吧。"

"那家伙刚才一直没动。也许一动魔法就会失效。难道这是弱点？"

他叫来的同伙也一个劲地自说自话。

这五人把我围在中间，同时对我发动攻击。

轻装战士拿着短剑向我砍来。

剑士咏唱魔法，射出利刃斩向我。

重装战士喊着"重破斩"用大斧挥出一击。

魔法师念着"火焰球（Fire Ball）"发出魔法攻击。

僧人边防备我的攻击，边用魔法构筑防御。

这支队伍的配置似乎很均衡。不过很遗憾，他们的全部攻击对我都不奏效……

我看了看他们。他们非常意外，都发不出声来。

也许现在"威压"会有效果。

我发出咆哮并施放"威压"。不过，这是一个巨大的失败……连围观的人也受到波及，有的昏倒在地，有的从裤裆里漏出了各种污物……总之，是一副惨不忍睹的景象。

糟糕，现在怎么办？我抱着脑袋不知如何是好。

嗯？那五人？

他们近距离吃到"威压"，结果还用说吗？

我的"魔力感知"探查到矮人警卫队正朝这边跑来。

总之……

"完了。"我嘟囔道。

也许这次真的完了。

接着，我望着那些人流着各种污物的样子，心想：这善后工作不好做吧？我如同在说别人的事一样开始逃避现实。

*

"真的非常抱歉！！"

我（在心里）深深地低下了头。

我们被带到警卫队的执勤室。

虽然我们引起了那么大的骚动，但最后无罪释放！警卫队当场放了我们——这种事终究是不可能的。我们被赶到的警卫队团

第三章 矮人王国之旅

团围住。

话虽如此,但我的五个对手全部处在昏迷中,所以只有我一个被团团围住。

对了!悄悄变回史莱姆逃走吧。

想到这里,我变回史莱姆尝试逃跑,不过……

我被一把抓住。接着,我感觉到自己飘了起来。

警卫队轻轻松松地把我抓住了。

我对士兵露出笑容,用表情告诉他,我可没想逃。

但额头上突起的青筋正彰显出他此刻的心情。

"等等,我们什么都没做!我们也是受害者!"我试着模仿哥布塔断断续续地说道。

"嗯。是啊。不过,你连话都说不清楚,别指望我会放你走!"士兵劝诫道。

他笑得很阳光。也许我还是放弃比较好……

哥布塔在做什么?我寻找着他的身影,发现他还闭着眼睛堵着耳朵。

……那个笨蛋!他在想什么?

不,估计他什么都没想吧?毕竟是个笨蛋。虽然也可以说是单纯。

我吃惊地把哥布塔叫过来。就这样,我们被带到了警卫队的执勤室。

刚才发生了三件事:

一、有人来挑事!

二、我变身成狼!

三、我声音稍大地吼了一声!

怎么样？我没错吧？我边想边抬起头，一脸无辜地看着士兵。

他的笑容还是那么阳光。

他的大胡子和豪爽的相貌十分相称，一看就是个好人。

很遗憾。如果没有额头上的青筋就好了。

"请问……为什么我也会被带来呢？"

"蠢货！你在说什么？正因为有人找你茬，我们才会被骂啊！"

"咦？有这回事吗？对不起……老有人找我的茬……"

"算了，这次不怪你，下次注意。"

呼——看来总算糊弄过去了。这是必杀技"都是别人的错"。

这是我长年的社会经验中学会的第一个高难度技术，要点是不让对手起疑心。

这可没那么容易！

虽然有玩笑的成分，但这三点基本都是事实。就算去问旁观者，也是一样的结果。

他对我们的态度应该有所缓和。

"那……那只狼形魔物呢？"眼前这位负责调查的士兵问道。

他想问什么？是种族的名字吗？

"这个……关于那只狼的种族的名字……"

"不对。名字什么的无所谓。为什么那种魔物会出现在那里？他是从哪儿来的，又到哪儿去了？把你知道的通通说出来！"

唔？如果告诉他那是我变的，他会相信吗？

英雄要隐藏自己会变身的事，但我又不是英雄。

所以我一直喋喋不休地解释，不过他不相信。

"不，所以说……那是我变身后的样子，要我说多少遍啊！"

"哈？虽然会说话的史莱姆很是少见，但也不至于会变身吧？"

第三章 矮人王国之旅

"不，那我变给你看吧？"

"哼。算了。假设那真是你变的，可是你为什么会变身？你是史莱姆吧？"

呃……这要我怎么回答？傻傻地直说"这是我的专属技能！"肯定不合适。如果我这么说的话，哥布塔也会被当成同等的魔物。

好好想想。现在马上想个好理由！

"其实……我被魔法师诅咒了。他大概是嫉妒我的才能……我很擅长幻觉魔法。"

"哼！被魔法师诅咒。然后呢？"

"是的。我会几个幻觉魔法，还在继续学习，可我被邪恶的魔法师诅咒，身体变成了史莱姆……现在我正四处旅行寻找解除诅咒的方法。事情就是这样。"

"为什么你会遇到邪恶的魔法师？他不杀你，只是诅咒你的理由是什么？"

咕……你直接相信我就好了，一直纠缠不休真是烦人。

不过这也难怪。如果随随便便就相信我的话，那就连哥布林都不如。

之后，我和士兵间展开了你来我往的攻防战。

我们经历了漫长的两个小时。

……

经过两人热烈的讨论，我创作了一个故事。

一个美少女被坏魔法师施加诅咒变为史莱姆的故事。

虽然算不上有来有回，但我一一对士兵指出的问题做出说明，在脑中构筑起一个奇怪的故事。

主人公是一个女汉子性格的变身系幻觉魔法天才少女。她被魔

153

关于我变成史莱姆这档事1 Regarding Reincarnated to Slime

女诅咒，为了解开诅咒她踏上了旅途。

为什么会变成这样？而且为什么是魔法少女？

听到我说出不合常理的话，士兵便以询问的方式做出修正。

在不断修改的过程中，这个故事渐渐浮出水面……我和这名士兵用炽热的目光相互看着对方，像是在说我们成功了！虽然我并没有眼睛！

就算不说话，我们的心意也是相通的。

"好！调查报告完成了。感谢配合！不过你们的身份是……"

嘎吱——

门被大大敞开，打断了士兵的话。接着，又一名士兵猛地冲进来。

"不……不好了！矿山出现了盔甲龙，有几名正在采矿的矿工受伤了。"

"什么？那打倒盔甲龙了吗？"

"这个没问题！现在讨伐队已经去了。不过，矿工伤得很重。不知道是不是因为备战的关系，已经买不到药了，城里的储备好像也拿不出来……"

"回复术士呢？"

"这个……不是已经去矿山深处采魔矿石了吗？执勤室配备的回复术士也跟着去了，现在只剩菜鸟了！"

"什么？"

似乎情况很不妙。

我成了空气。

既然城里有储备就拿出来啊！我正想着……

回复药吗？我倒是有，该怎么做呢？

我脑中闪过一个念头，尽量给他留个好印象，争取无罪释放。

154

不过肯定没这么好的事。

因为救人性命是理所当然的事。这话连我自己都不信……

"好人有好报。"我想来想去,最后用这句话说服了自己,说不定我自己也会从中受益。

"喂,大人,大人!"

"什么事?我正忙着呢。虽然调查结束了,但现在还不能释放你。等这事结束后再说,你先在这房间里等着!"

我从怀里取出回复药(不过在旁人看来,我是呸的一下吐出来的)。

"……嗯?啊,这是什么?"

"这是回复药。既能外敷也能内用,品质上乘!"

"哈?为什么你这史莱姆会带着回复药?"

喂喂。女汉子的设定跑哪儿去了?

这不是彻底把我当成史莱姆了吗?这家伙刚才果然也只是顺着话题编故事吧?

算了。反正我也一样,没什么可抱怨的。

"这种事无关紧要吧?请拿去用吧。需要几个?"

"有六个伤员……不过真的可以吗?"

来通报情况的年轻士兵怀疑地看着我。

魔物掏出药来。如果我是那士兵的话,肯定不会接受。

"喊!别从这里吐出来啊!喂,我们走!"

"咦?不过……队长,这家伙可是魔物啊。"

"你真烦。走走,快点带我去。"

被称作队长的大胡子士兵说完,抓起我吐出的六个回复药跑出去了。他刚才只是配合我的话随便编点理由,不过似乎挺相信我。

看来他和他外表表现出来的一样，是个好人。不过，我没想到他是队长。

"搞定了吗？"哥布塔问道。他进来后始终一言不发，只是在我说话的时候点头肯定。

"还没结束，不过我们先静观其变吧。"

"了解！"

我们松了一口气。

出入执勤室的士兵们诧异地看着我们……

我们等了一小时。我正靠练习操纵蜘蛛丝打发时间，突然感知到队长他们回来的脚步声。

我收起丝，等待他们进入执勤室。

哥布塔睡着了。这家伙……没准是个大人物！

"多亏有你，谢谢！"

进入房间后，队长边说边向我鞠躬。

继队长之后，矿工们也进来了。

"就是你给我们药的吧！谢谢！"

"我的手刚才差点被砍掉，就算活下来也没法工作……谢谢！"

"……"

矿工们向我表达谢意。

最后那家伙怎么不说话啊？不过我也感受到他的谢意了。

不一会儿，矿工们道完谢后便离开了。回复药能派上用场比什么都好。

折腾了半天，太阳下山了，外面一片漆黑。

那之后，我和队长聊了一会儿。

这次谈的是正经事。

第三章
矮人王国之旅

　　和我闹矛盾的那五人是隶属于这个国家的自由组合的冒险者。他们虽然有才能，但却是出了名的爱惹麻烦。

　　队长还笑着说，他们这回该吸取教训了吧！

　　队长告诉我，他们已经确认我们什么都没做，不过考虑到周围受害者的感情，要限制我们的行动。

　　没有受害申报。

　　我的内裤脏了，快赔我——毕竟没人会说这么丢人的话。

　　我们也说出了自己的事。

　　我们为了复兴哥布林村，来这里筹备衣服和装备，如果可能的话，还想找人去指导我们盖房子，等等。

　　队长热心地听我说着。知道情况后，其他队员也找我们聊了很多。

　　也有不少人去和哥布塔那家伙说话，他惊恐地回答着。

　　就这样，夜更深了……

　　翌日。

　　我们还在执勤室里。

　　哥布塔正在休息室里，估计还在睡觉。

　　由于我不需要睡眠，所以一大早就去后院看士兵训练。

　　挥动木刀的速度，控制力道进行模拟对战的样子，还有跑步的状况……士兵们悠闲地观察着这一切。

　　我在脑中模拟这些，试着让士兵和被我捕食的各种魔物进行战斗。

　　反正我也闲着，这感觉像游戏一样。不过，用"大贤者"做这种事似乎不大好？感觉有点大材小用了。不过倒是挺有趣，那就没问题了。

结果是魔物们取得压倒性的胜利。就算在对魔物不利的条件下，能赢蝙蝠和蜥蜴的人也寥寥无几。

一对一的情况下，魔物更有优势。不过四到六人为基本的最小战斗小队集体作战的话，有的队伍可以战胜蜘蛛。

不过，估计就算这里的二十人一起上，也赢不了蜈蚣。

但是这些士兵应该不是这个国家最强的战斗力，估计这些结论意义不大。

在这期间，哥布塔也起来找我了。

队长好像也来上班了。

"你们可以离开了。把你们拘留下来真不好意思。为了颜面，把你们关了一天。抱歉！"

"不，多亏你帮我们省下了住宿费。"

"听你这么说我就安心了。作为赔礼，我给你介绍个技术不错的铁匠吧！"

"那太好了。谢谢你！"

这是个好兆头。队长为我们说了一番话，优先给我们进行入境审查，而且还省下了住宿费。我本以为寻找铁匠会很麻烦，但既然有士兵的介绍，那肯定错不了。

积极点看的话全是好事！

"不过……"

嗯？天下没有免费的午餐吗？

我本以为只有电视里才有这样的桥段……

"如果你还有回复药的话，希望能匀我一点。"

原来如此。昨天好像听说库存不多了。

第三章
矮人王国之旅

我的库存倒是堆积如山，要卖倒是也可以……不过我不知道行情。

怎么办呢？

……行啊。反正是我自己做的免费消耗品，如果想要的话就匀他几个。

"行啊。不过我也有需要，所以没法全部给你。"

"我只要你多余的量就好。就算只有一个也行。"

嗯？这话有点奇怪吧？难道这药不是留作备用的？只备一个的话，有个万一就头疼了。

估计他现在非常着急吧。

"唔，那给你五个可以吗？"

"五个！那太好了！"

"啊，我的药用水稀释之后应该也有效果。普通的割伤大概只要十分之一。"

听到我的说明，他一个劲地点头，仿佛在说"这是自然"。

既然他能接受，我就把五个回复药交给他，他给了我一个小袋子。

我打开，看到里面放着金色的货币。

"虽然可能不够，但还请你收下。就收我每个回复药五枚金币吧！"

看来五个回复药值二十五枚金币。

在这种情况下，我也不知道亏不亏，就按这个价吧。我也借这机会打听一下货币的价值。

"那个……不好意思……"

"不够吗？我只有这么多了……"

"不,这些就行,不过我想打听个事……"

"嗯?这钱就够了?那你想问什么事?"

嗯?唔唔嗯?这反应……他捡到大便宜了吧?也许我可以再抬抬价。

不过这事就算了。这队长人还不错,估计我也没吃多大亏。

"其实我完全不懂金钱的价值和物价,包括这些回复药的价格……请你指点一下这方面的事情!毕竟我是只史莱姆!"

我也把昨天好不容易想到的女汉子的设定抛到脑后,开始自称史莱姆了。

不过,他也一样。反正他也不信,所以没问题。

就这样,出发前我们又聊了很长一段时间。出发已经是午饭后的事了。虽然我吃不出味道,但他们愿意款待我这个魔物吃饭,我很开心,好久没有这样美美地吃一顿了。

●

"啊……为什么我这么忙……"男性矮人凯金嘟囔道。

"真是的,说什么东方帝国可能会有动作!帝国真会做这种蠢事吗?"

这才是他的真心话。

和平已经延续了三百年。

帝国是个富饶的国家,有必要特地去侵略其他国家吗?

他不理解这一点。

他们的工作是制作装备。对他们而言,战争就是赚大钱的机会……可是,为什么工作会一下子增加这么多啊?这是他发自内心

第三章
矮人王国之旅

的话。

而且，还有个问题困扰着他……

"那个该死的大臣！"他在心里边臭骂大臣，边为那个问题心烦。

他边叹气，边思考到底该怎么办。

期限快到了。推掉的话会影响信誉。

这不是一句"我办不到"就能解决的事。

他正在等待熟人的答复，这是他唯一的希望。

即便是像他一样有名的武器制作工匠也有做不到的事。

是的，没有材料的话，什么都做不出来！

他翘首以盼的答复终于到了。

"抱歉……如果能联系你就好了，但是当时没办法联系你……"

凯金念到这里，三名男性走了进来。

这三人是负责采掘工作的矮人族兄弟。

老大伽卢姆，是个技艺高超的防具工匠。

老二特鲁特，他干的精细活在矮人族中首屈一指。

老三米鲁特，他虽然沉默寡言，但样样精通，建筑和艺术无所不能，是个天才。

本来，他们每一个都是卓越的人才，一人开一家店也不足为奇。但无奈的是他们太不擅长生活琐事了。在自己擅长的领域之外，几乎是个废材。他们的性格不适合与人交涉或做买卖。他们一直被周围的人利用。

他们把店交给信任的人，结果被人强占；师兄弟嫉妒他们的才能，设计陷害他们；他们推掉大臣的委托被国家盯上……他们彻底走投无路，于是就来找凯金。凯金和这三人一起长大，就像他们的大哥一样。

虽然在心里抱怨早点来就好了，但现在已经来不及了。

他把这三人藏在自己的店里，并雇用他们。

不过没有工作可以交给这三人。凯金经营的是装备商店，除了武器，其他商品都是倒手的。

武器是凯金亲手打造的，所以可以让这三人来帮忙……不过，如果因为可以制作防具和精细物件就停止进货的话，可能会引起不必要的麻烦。所以在这三人冷静下来之前有必要先维持现状的营业状况。

现在只能指挥这三人去干点搜集素材和矿石的体力活。

这三人说魔物出现了。

凯金十分苦恼。

三人平安无事就值得庆幸了。

凯金心想所幸他们没有受伤。

"你们没事就好。幸好你们顺利逃出来了，没受伤就好！"凯金对他们说道。

是的。他想，既然身体健康，那就能再去弄矿石。这事可比朋友的平安重要得多！

这时，三人为难地面面相觑。

然后——

"不……其实我们当时没有完全脱险。"

"嗯。其实我到现在还不敢相信昨天发生的事……"

"……"

他们开始细说那件事。

他们说一只不可思议的史莱姆给了他们回复药，因此才保住一条命。

第三章
矮人王国之旅

正常人听了都会笑着说"我可不信",可是这三兄弟不会说谎。他们还没精明到会说谎的地步。

"也就是说这些都是真的?可是,如果昨天有人在采石场被魔物袭击的话,那现在应该雇不到新的劳力了吧。昨天雇的劳力全部把活推掉逃走了。他们好像也受了很重的伤,我也没什么好抱怨的。"

本来这情况应该委托自由组合,不过估计他们也搞不定。

凯金早就发出采掘委托了,不过一直没有回复。

因为其他工坊也发出了委托,所以现在物资匮乏,流通困难。

如果发出护卫委托的话,价钱会很高,而且他们只做委托的工作。既然是护卫就只做护卫的工作。而且,能打倒 B⁻ 级魔物的冒险者……

"不行!这何止是不合算,我会破产的。喊!为什么矿石的浅层区域会涌出那么强的魔物啊?"

凯金深深地叹了口气。

该怎么办呢?

期限渐渐逼近。难道要不顾危险亲自去采矿?

想不到好办法。时间渐渐流逝……

四人面面相觑,一筹莫展。

这时候,一伙奇怪的人出现了。

●

"喂!大哥,你在吗?"

队长也就是凯多走进店里。

我和队长相谈甚欢,成了以名字相称的朋友。凯多要给我介绍的就是他亲哥哥经营的店。

据说店老板很傲慢且非常顽固。

"打扰了……"

"你好！"

我们边说边跟在凯多后面走进店里。

我刚进店，几个人同时转向我。

"哦！"

昨天被我用回复药救回性命的三人看着我，意外得叫出声。

看来他们现在精神不错。不知为什么他们显得心事重重。

其中有个人和我想象中一样，他板着个脸，其严厉程度一点不输于土木建筑业的老板。

他应该是店主吧。老实说，他和凯多不像。

"怎么？你们认识吗？"

"凯金，就是这只史莱姆！昨天就是他救了我们……"

"对了。队长是老板的弟弟吧！"

"……"

"哦，你就是他们刚才提到的史莱姆啊！你昨天救了这些家伙吧？感谢你。"

"不，只是举手之劳罢了。哈哈哈哈——"

我一得意，尾巴就会翘到天上去，绝对不能夸我。

我现在已经得意忘形了。

"你今天来这里有何贵干？"老板有些不情愿地问道。

那就要细说原委了。

我们往店里走去，就座之后，凯多简单地帮我向店主说明状况。

我也从旁稍做补充，谈话进行得很顺利。

第三章
矮人王国之旅

那个老三米鲁特一句话也不说，真不知道他们是怎么沟通的，实在是不可思议。不过这也没什么关系。

"我明白了。不过，抱歉。我帮不上忙……其实我已经接受了某个国家的委托……"他隐藏了需要保密的重要信息向我们解释道。

据他所说，有些国家害怕某地的蠢货会发动战争，所以争相订购武器。

昨天，药品和物资售空也是这个原因。

"就是这样。我连夜赶出了两百支钢枪……不过，最重要的二十把剑却一把也没做出来。材料用完了……"老板垂头丧气地抱怨道。

"那你照实告诉客户，推掉这活不就好了？"

凯多问了一个理所当然的问题。

"你这蠢货！我一开始就和客户说了……结果那个该死的大臣贝斯塔瞎说什么'凯金可是王国享誉盛名的人物，难道连这点困难都搞不定吗？'而且还是当着国王的面说！你说可不可恶？那该死的混蛋！"老板愤愤不平地说道。

听到这话，老三米鲁特说他曾拒绝了给贝斯塔大臣盖房子的委托，大臣怀恨在心，不断找他的茬，最终导致米鲁特被驱逐出境。

后来是凯金收留了他，不管怎么想都是遭到大臣怨恨，所以才会被找碴吧。

恐怕是那个大臣买断了材料，让凯金无法完成订单吧。

剑和枪的材料不一样吗？

听到我这个问题，凯金甩出了一句："啊，剑必须用到一种名叫'魔矿石'的特殊矿石。而枪只是普通的钢枪。"

巧妇难为无米之炊。现在什么都做不出来，想必他非常后悔吧。

估计那个大臣正等着凯金哭着来求自己吧?

"而且……打造一把剑要花一天时间。就算用流水作业提高效率,打造二十把剑也要花两周时间……"

我本想问他期限,但想想还是算了。就算不问也看得出来,这是个令人绝望的故事。

"期限是这周末……必须在下周的第一天把货交给国王。这是国家分配的订单,具体工作分由工匠承担。如果做不出来的话,甚至有可能会被剥夺工匠的资格……"

总之只剩下最后五天。不过今天似乎不行,所以实际上只有四天?事态好像非常严峻……可我这个无关人员为什么会在这里?

等等,说到魔矿石,我好像有这个?不过这与我无关……

我突然发现,全员都盯着我看,似乎对我有什么误会。

就算被男人盯着看,我也不会感到高兴!这些家伙……对史莱姆抱有什么想法吗?

不对。

我在这里卖个大人情吧,然后再让他们帮忙复兴哥布林村!

"呼呼呼!哈哈哈!哈——哈哈哈!喂喂,你们好像在说这个小玩意?老板……这个你用得上吗?"

咚!我把从矿石中提取的素材放到前面的制作台上。

接着,我挺起胸膛坐到沙发上!(自以为)

"……喂!喂!喂!这……这不是魔矿石吗?而且纯度出奇高!"

哼!这可不仅仅是魔矿石啊!

它已经经过加工,是魔钢块啊!

"喂喂,老板,你瞎了吗?"

第三章
矮人王国之旅

如果他连这个都鉴定不出来的话,估计也派不上用场吧。

我可以随便卖他一点素材,但我们的关系也到此为止。

"什么?难道……不,这不可能!这些全部都是魔钢吗?"

这老板果然有眼光啊。不过,我没想到他会这么意外。

"你……你能把这些卖给我吗?当然,价钱你说了算!"

呼呼呼!上钩了!

"那我该怎么做呢——"

"呃,你想怎样?只要能办到,我都答应你!"

"我等的就是这句话!你已经知道我们的事了吧?我们想找个人来村里做技术指导,老板有熟人吗?"

"什么?只要这样就行吗?"

"嗯。对我们来说,现在最优先的是解决衣食住行中的衣物和住所!另外,我们也想请你帮忙筹备今后的衣服和装备等。"

"如果这样就行的话,简直是小菜一碟!"

就这样,我把魔钢块交给老板,并和他达成约定。

具体细节等他工作结束后再决定。

从这反应来看,就算我坐地起价,他也会接受,不过太贪心可不好。

毕竟我总是在这种情况下失败。

我也会有长进的。

那天,大家一起吃完晚饭后,凯多就回去了。

那个大叔可是警卫队的队长,可是下午却翘了半天班,看来这差事不错。

不过他是为了带我来这里,我没什么可抱怨的。

然后,矮人三兄弟由衷地对我表示感谢。

他们知道凯金被国家盯上是因为他们三兄弟,很过意不去。

我对他们说:"如果有必要的话,和我们一起去哥布林村怎么样?"他们愣了一下,之后就开始商量了。如果这三人肯来的话,那是最好不过的了。

翌日。

虽然有了材料,但期限问题依然十分严峻。

那么,我也该开口了吧。

"凯金,只剩四天,你能完成吗?"

"……说实话,我估计不可能,但现在只能硬着头皮上了!"

他想铆足干劲蛮干吗?

可是我知道,不行就是不行。

只有在条件齐备的情况下才能做到。

没办法。好人做到底吧。

"其实我有个办法。总之你现在先尽全力做一把最好的剑给我。"

"你说什么？你是外行吧？你说说看你能做出什么？"

"这是秘密。相信我！如果不信的话也行。不过这个委托应该无法完成吧。"

"……我能相信你吗？如果你做不到的话，我可不会支付魔钢块的费用。但是这样的话，我也自身难保，就算想付也无能为力……不过如果你能遵守约定的话，我发誓，我也一定会遵守约定，会为你准备最好的工匠！"

约定成立了。

而约定必须要履行到底。

我们来到工作间。

昨天，我们在给学徒准备的空房间借宿了一晚。既然有这份恩情，我更要履行约定，鼎力帮助凯金。

我们进入房间后，看到那三兄弟正望着魔钢块。他们边叹气，边翻来覆去地查看魔钢块。

我拿出的金属块和人的拳头差不多大。他们的反应很夸张，这个有那么罕见吗？

我说出自己的疑问之后……

"你在说什么啊？"

凯金回答了我的疑问。

根据凯金的说明——

魔矿石是魔钢的原石。即便是原石的价值也足以匹敌黄金。

理由很简单。因为它既稀少又实用。

魔素是构成这个世界的要素。我原来的世界没有魔素，但它在这个世界有着至关重要的作用。

第三章
矮人王国之旅

打倒魔物时,偶尔会掉落名叫魔石的魔素块。魔石类似于能量块,这世界有种名叫精灵工学的发明就是使用魔石当燃料。

另外,作为高阶魔物之核的魔石,它比宝石更美,蕴含的能量也与普通魔石有天壤之别。

高阶魔石是许多产品的核心。

精工师加工的各类装饰品也会用到这些素材。

使用魔石的装饰品可以提升使用者的能力或提供附加效果等,能给使用者提供诸多好处……

而魔矿石和普通矿石决定性的区别在于它必定出现在高阶魔物附近,其他地方采掘不到。因为魔矿石是矿石在魔素浓度很高的场所长年累月吸收大量魔素后变异而成的物质。

要说的话,魔矿石类似于矿物的突变物。

魔素浓度高的地方自然会有强大的魔物栖息。冒险者赚零花钱去的低阶魔物的栖息地很难发现魔矿石。等级低于 B 的魔物的栖息地根本不存在魔矿石。

顺便一提,我这是第一次听到了有关魔物等级的说明。

"是这样吗?那我也差不多有 B 级了吧?"

"……"

估计除了哥布塔那个笨蛋,所有人的想法都一样。

先不管那个笨蛋。

魔矿石不仅稀少,而且其中魔钢的含量也只有 3% ~ 5%。也就是说,虽然这魔钢块只有拳头大小,但它的价值是等量黄金的二十倍以上。

顺便说一下,黄金的价值和我原来的世界差不多。这世界流通金币也是因为黄金的价值很高。因此,各国都采用金本位制度。

我的推测没错，魔钢是稀有金属。

顺带一提，虽然我有非常多的魔钢块，但现在有些害怕。这是个秘密。虽然不大可能暴露……但万一被人知道怎么办？这大概是市井小民的想法吧？

接下来是正题。

魔钢并不只是因为稀有才值钱。

魔钢真正的价值在于它的特性，它非常适合引导魔力。

魔素可以通过某种程度的想象进行操纵。

我的"魔力感知"等技能也是这样，"水操纵"之类的技能也是通过操纵魔素实现的。魔物的技能也一样，可以说多数都要使用魔素。

虽然我不了解魔法，但估计也是相似的原理。

那如果武器素材中含有大量魔素的话会怎样呢？

竟然能做出"具有成长性的武器"，实在令人惊叹！

这太浪漫了！

嗯，什么？我想要！

这话差点冲破我的喉咙，不过硬是被我给吞回去了。

这种武器会根据使用者的想象，慢慢转变为理想的形态。

而且，如果使用者的魔力够强的话，武器还能在战斗时随心所欲地改变形状！

不仅如此，由于材料与魔物相性很好，所以武器还能增加技能威力。

从某种意义上说，除非双方能力差距极大，否则拥有魔法武器（Magic Weapon）的一方必定会战胜普通武器的一方。

第三章
矮人王国之旅

如果倾注金钱和技术在纯魔钢的刀身上嵌入高阶魔石的话，是不是能造出"火炎剑"或"冰雪剑"之类的东西？我越想越远。

我在心里狂呼："快造啊！"不过这可急不来。貌似还是可以期待，如果下次有机会的话就弄个魔石来试一试。

为我做了一番说明之后，凯金等人进入了工作状态。

为了给我提供参考，他们允许我在一旁观看。哥布塔那家伙肯定还在睡觉吧……

剑的种类繁多。在我心中，最强的剑自然是武士刀。不过刀也有多种形状。所以，我很好奇他们会造出怎样的剑。

制作开始到现在已有十个小时。

他们打造出了一柄外表平平无奇的长剑。

咦？魔钢还剩非常多。

魔钢只有拳头大小。我之前还担心这点材料可能不够造一柄剑……

他们告诉我，如果铸剑的素材全用魔钢的话，花费就太可怕了。

想想也是。难怪没人会冒出"火炎剑""冰雪剑"或"雷剑"之类的想法。这花费太高了。

原来如此。

他们用魔钢做芯，用普通钢铁锻造刀身。即便只是这样，魔钢的魔素也会侵蚀钢铁刀身，最终融为一体。很多武器经历的年月越长就越强就是这个原因吧。即便用旧了也会吸收周围的魔素进行自我再生，所以刀身既不会生锈，也不会出现豁口，这是魔钢武器的特征。

不过，不可思议的是剑也有生命。剑一旦折断或者完全变形，其中的魔素就会一下子全部风化。

凯金在给我看剑的同时为我解说了这些。

这话题还挺有趣的。

我把打好的剑拿在手中观察（虽然我没有手，但差不多是这种感觉）。

细看之下，我发现这剑虽然朴素，但是剑身笔直。

可以说毫无浪费。

这剑和主要用于挥砍的武士刀不同，但这刀刃也能用于斩击。

原来如此。以这剑为基础，再根据各人的使用目的进行变化吧。

这朴素的造型能撇开制作者的意图，让剑完完全全为使用者服务。这么想的话就能理解了。

那么……

凯金他们按照约定，打造了一柄非常棒的剑。

现在轮到我出场了。

"好！现在我要开始秘密作业了。不好意思，请你们全部离开房间！"

我让其他人都离开房间。

我这么做倒不是因为担心他们看到制作方法，主要是因为解释起来太麻烦了。

"所有材料都在这房间里。不过，你没问题吗？如果需要的话，我可以帮忙。"

"嗯。没问题！最重要的是，这三天内，你们可不能偷看这房间啊！要保证啊！"

"明白了。我相信你，我会等的……"

第三章
矮人王国之旅

凯金等人说完就出去了。
不知道为什么哥布塔也出去了……
那个笨蛋到底在想什么？也许有必要关他一次禁闭……

那么，今天要做的是"长剑"。
制作方法很简单！
首先，吞下一个样本。
接着……一口气吞下这里的材料。
啊呜啊呜，咕噜！
然后在肚子里把它们搅匀……

"提示。已成功解析对象'长剑'，并且已成功完成复制。"

将这一过程重复十九次之后，就完成了！
很简单吧？
不过，好孩子千万不能模仿哟。

我边做边在心里说着这些蠢话。
糟糕……复制一柄剑需要的时间约为十秒。
一百九十秒……三分多钟就做好了十九柄剑……
从凯金他们出去到现在还不到五分钟。虽然我已经做完了，但制作如此轻松，总觉得有点对不起那些工匠……
"捕食者"简直是作弊技能。
那现在怎么办？
我叫他们在三天内别偷看这里，可是，我要无所事事地在这里窝三天吗？不……不管怎样，把自己关三天也没意义。

老老实实地告诉他们我完成了吧……

我猛地推开门走出去，正担心地朝这边瞄的四人慌忙站起身。

哥布塔他……睡着了。

这家伙……才出来五分钟就睡着了，到底怎么回事？这一瞬间，我决定要把这家伙关进我肚子里。

"喂，你怎么了？有事吗？"

"还缺什么材料吗？"

"……还是说，你果然搞不定？"

矮人们一人一句关切地问道。

"唔……嗯。不……其实……"

那关切的眼神像刀子一样，我不由得卖起了关子。

我这人还是那么坏。看来我到死都改不了这糟糕的性格了。

"骗你们的！其实我已经做完了！"

"……啊？"

听到我这话，他们异口同声地发出惊叹。

这样在所难免嘛……

      ＊

"干——杯！"

晚上，我们一起去夜店庆功。

订单顺利完成了，所以我们来庆祝一下。

我说过没有这个必要……

"去吧去吧，那里全是漂亮的小姐姐哟！"

"是啊是啊！那可是绅士权贵去的地方！"

第三章
矮人王国之旅

"……"

"喂喂！利姆鲁老爷不来的话，我们怎么开始啊？"

盛情难却，我不去都不行啊。

这些家伙真是的。

店名是"夜之蝶"。

真的是蝴蝶吗？如果是飞蛾的话，我可饶不了你们！

……不，我真的不感兴趣。不过，绅士也需要应酬。

我边想边走进店里。

"哎呀！欢迎光临——"

"欢迎光临——"

一个个都美得冒泡啊！

哦——耳朵好长！

是精灵！

怎么回事？我明明尽全力发动了"魔力感知"！

这些小姐姐犹抱琵琶半遮面，但却死守着最后一道防线！

这里是天堂吗？

"……那……那个……虽然你之前很不想来，不过我看你现在似乎非常开心嘛？"

哈！不好不好，我一不小心就……

"嗯？不，也没那么开心啦。"

好像没什么用啊……没人相信我的话。

我们沉浸在快乐的时光中，这时——

"哎呀，这不是凯金先生吗？把下等魔物带到这高雅的店里可不行啊！"

有人来找碴了。

这大叔是什么人……

周围瞬间安静下来。

那些小姐姐好像也不喜欢这个大叔。她们的脸上带着一丝不易察觉的不快。

这大叔虽然是矮人，但身材高瘦和普通人类差不多。

"喂，老板娘！这家店允许带魔物吗？"

"不……不是，这只是人畜无害的史莱姆……"

"哈？这就是魔物啊！我说错了吗？史莱姆已经不在魔物之列了吗？"

"不……我绝对不是那个意思……"

老板娘支支吾吾地想消除那大叔的怒意，但那大叔却不愿理睬。那大叔的目标明显是我们。

"抱歉……那是大臣贝斯塔——"

这大叔就是传闻中的大臣贝斯塔？原来如此……看上去，他像是个神经质而且很烦人的家伙。

就在这时……

"哼！这个才配魔物！"

贝斯塔大臣说着莫名其妙的话，把水泼向我。

这下把我惹火了，但我硬是忍住了。

对方是大臣，我可不能意气用事让凯金他们和这家店的老板娘惹上麻烦。

我可不想被禁止进入这家店，这太让人伤心了。

所以，我决定先忍着。

"喂……你要是不说话，他就更得意了！"

第三章
矮人王国之旅

轰的一声,凯金站起身踢飞了桌子。

"喂,贝斯塔!你竟然小看本大爷的客人,你是存心找死吗?"

……嗯?等等,凯金……对方可是大臣,没问题吗?

贝斯塔吃惊得呆住了,我也意外得跳了起来!

"你!你!竟敢这样对我说话!"

贝斯塔在愤怒与意外之下说不出话来。

"你也别沉默了!"

与此同时,凯金毫不犹豫地一拳打到贝斯塔的脸上……

"利姆鲁老爷,你在找技艺高超的工匠吧?你看我行吗?"

怎么可能不行……我求之不得。

不过,凯金打了大臣,在这国家已经待不下去了吧。

但是……男人有时候无须多说。

"我就等你这句话!那就拜托你了,凯金!"

琐碎的事怎样都好。只要凯金肯来,我就接受。漂亮话就让它见鬼去吧!我们要随心所欲地活!

凯金和我热血沸腾地互相点点头。

不过……在这之后要怎么逃出去呢?

果然,在这儿如果不谨慎行动的话会出现一堆问题。

就算赢回面子也解决不了今后的问题……

*

之后……

不用说,殴打大臣的后果很严重。

"大哥……你在干什么?"

凯多带着警备兵赶来,看到了这一幕。

看来他也不能天天翘班,我今天一天都没看到他。

他们叫凯多去喝酒时,凯多说有事,于是推掉了。

可是,在他出去办事时却发生了骚乱,也难怪他会这么吃惊。

如果只是逃跑倒也不难,但这可不是什么好办法……

"哼!那混蛋对利姆鲁老爷太无礼了,利姆鲁老爷既是我的客人也是我的恩人。所以,我要给他点颜色瞧瞧!"凯金指着贝斯塔说道。

凯多带来的四名骑士把大臣护在中间。

贝斯塔仍惊魂未定。

他盯着我们这边,鼻血吧嗒吧嗒地往下滴。

他的表情有些呆滞,显得很滑稽。估计他根本没想到自己会被打吧。他似乎由于惊吓过度,连疼痛都感觉不到。

"喂喂……你说给谁颜色瞧瞧啊,那可是大臣啊,现在糟了……"凯多叹了口气嘟囔道,"总之……我现在要先关押大哥你们!"

凯多边说边指示部下动手。

不过,他低声说了句:"我不会对你们不利的,你们要老实点。"声音很低,只有我们听得到。

当然,我们也没打算再惹事。

我悄悄移动到老板娘身边,把五枚金币放到她手里。

我对诧异的老板娘说道:"给你惹麻烦了,这算赔礼!我会再来的!"

这家店不错。怎么能因为这种事就不来了?

我们就这样被带走……不过好像忘了什么。

对了!是哥布塔。

第三章
矮人王国之旅

我没带那笨蛋来。

那笨蛋接二连三地干蠢事，所以我正对他执行"蓑虫地狱"之刑。

一开始，我本想把他倒吊起来，不过这样似乎太过分了。

所以我就用"粘丝"把他紧紧裹住吊在房间里。

"等等！这过分了！我也想跟你们去！"

他悲痛地叫唤着，但如果我心软的话，他可能会得意忘形。

"你这笨蛋！我不能容忍你平日的所作所为！如果你有悔意的话，就召唤搭档来帮你！"

留下这句话后，我就丢下他来了，不过我估计他什么也做不到。

哥布林的话就另当别论，这家伙现在已经进化成大型哥布林了，一周左右不吃不喝应该没事的。

如果我们被关押的时间太长的话，那我就溜出去一趟，放他下来吧。

想到这里，我就把那家伙的事抛到一边了。

我本来有点可怜他，但转念一想，这家伙挺强壮的，不会有事的。

我们五人被带进了王宫。

不过对我们的看管并不算森严。比起犯人，我更像协助调查的人员。

最终，我们在牢房里度过了两日。

食物还算不错，房间里的各种用品也齐全。

我们五人被关在一起，所以感觉更像住在一个大房间里。

感觉我们的待遇还算不错。

"因为我的意气用事连累到你们……抱歉！"凯金道歉道。

不过我们都不在意。

"凯金，没事的！没关系！"

"是啊是啊，老板你别往心里去！"

"……"

看来这三人都不在意。

"比起这事，既然被释放了，那我们也跟着凯金一起去！"

"利姆鲁老爷，我们跟着去会给你添麻烦吗？"

"……"

我无法理解最后那家伙想说什么，不过我能明白他的心情。

"哼！我会给你们所有人提供生活保障！但也会任意驱使你们干活，要有心理准备！"

"好！"

就这样，我们获释后开始商讨今后的事。

第一天过去了，第二天夜里……

"说起来，那个大臣似乎视凯金为眼中钉？有什么原因吗？"我不经意地问道。

听到这个问题，凯金露出极度不快的表情，叹了口气开始述说。

其实，凯金原本是王宫骑士团的团长。

不过王宫骑士团共有七支部队，他是其中一只部队的团长。

工程部队、后勤部队、急救部队三支是后方部队。

重装打击部队、魔法打击部队、魔法支援部队三支是招牌部队。

还有最重要的国王直属护卫部队。

凯金担任的是工程部队的团长。当时的副官是贝斯塔。

"那家伙是侯爵出身。据说是用金钱买的。我是庶民出身，估计他非常嫉妒我的才能吧。或许他的心情很复杂，或许接受庶民下的命令让他觉得很屈辱……我当时无暇顾及他人的感受。我一心想

第三章 矮人王国之旅

努力工作,不敢辜负国王的期待……当时发生了一件事……"

接着,凯金向我讲述了那件事。

就是那件事导致凯金辞去军中的职务。

魔装兵事件。

当时,矮人的工程部队连新技术都开发不出来,在七支部队中评价最差。

矮人国靠技术立国,从这点来说,工程部队应该是招牌部队。这是贝斯塔一派的主张。

凯金一派主张保持现状,稳健地进行研究。

双方的争论趋于白热化,无法在会议上下定论。

这时,工程部队和精灵族技术人员开发的"魔装兵计划"开始了。

无论如何都要让这个计划成功,确立工程部队的地位——这似乎是贝斯塔的想法。

凯金指出贝斯塔过于急躁,但贝塔斯听不进庶民出身的上司的忠告。结果,焦躁的贝塔斯单独行动,导致"精灵魔导核"失控,使试验在初始阶段失败,致使计划受挫。

云集当时顶尖技术人员的"魔装兵计划"就这样迎来了终结。

最终,凯金背负起失败的责任离开了军队。

贝斯塔不仅把自身的失败全部推到凯金身上,还勾结军队干部,让他们作伪证。

这就是魔装兵事件的真相。

讲完后,凯金长长地叹了一口气,似乎很疲惫。

我理解他的感受。这长年的积怨想必很深吧。

不过,贝斯塔就是个典型的坏人。从某种意义上说很容易看透。

总之，在贝斯塔看来，如果凯金留在这个国家，说不定有一天他会回到军队东山再起，并威胁到自己的地位。

那么这卑鄙的家伙应该处以死刑吧？但是说死刑可能有点过分了……

"所以如果我离开这个国家的话，对那家伙来说多少算是有利的。"

说完，这个话题便到此为止，气氛变得有些惆怅。

那三兄弟也知道当时那件事的真相，所以很厌恶贝斯塔大臣。

知道这事后，我也很厌恶那家伙。

不过，我们打了贵族，按说不会轻易被释放……

知道我的担心后，凯金说："暂时不会有事的。虽然已经退役了，但我毕竟当过团长，所以被授予了准男爵的身份。如果庶民对贵族出手的话，可能没审判就被执行死刑了。"

说完，他就大笑起来。

我可完全笑不出来。

万一情况不对就逃跑！我可以装成与此无关的普通史莱姆，躲过这个风头。

我想了这样一条退路。

*

到了审判这天，我们被带到国王面前。

矮人的英雄王——亲眼所见才知道，矮人王压倒性的威压感非比寻常。

现任国王加泽尔·多瓦贡——他闭着眼睛，深深地陷进椅子里。

他有着矮人典型的健壮体格。结实的肌肉如铠甲一般，似乎能

第三章
矮人王国之旅

爆发出强大的力量。

褐色的皮肤是他的特征。漆黑的头发梳到脑后。

很强。我的本能已经很久没有像这样全力发出警报了。

骑士站在矮人王两侧。

虽然这两人给人感觉也很强,但在国王面前便黯然失色了。

这国王是怪物。

我本以为能轻松逃跑,可现在……

一到国王的面前,我松懈的意识一下子绷得紧紧的。

说不定这是我来到这世界以来第一次出现的危机感。

一名男性跪在国王的面前,正在确认某事。

那人好像得到了国王的许可,他站起身宣读誓词。

"审判开始!所有人肃静!"

这是开始审判的信号。

给双方一小时陈述各自的意见。

虽然我们是当事人,但不能在这里发言。只有拥有伯爵以上爵位的贵族才能在这里自由发言,其他人在没有国王许可的情况下不得发言。

如果擅自发言会怎么样呢?

据说一旦擅自发言就确定有罪,而且,还要加上一条大不敬之罪,无论是否有冤。这就是这里的规则。

我们只能全部交给代理人了。

在我们被关押的两天时间里,这位代理人多次来找我们商讨对策。

说起来,代理人应该和律师差不多吧。

这位代理人没问题吗？

我的担心似乎应验了……

"事情是这样，贝斯塔大人正在店内饮酒，这几人突然闯进来对大人施加暴行！决不能纵容这种暴行！"

"对方陈述的是事实吗？"

"是的！我不仅听取了凯金大人的供述，还从店方取证并写成报告书。结果与对方刚才的陈述完全一致！"

……哈？他说什么？

我本以为这个代理人会站在我们这边，没想到他在背后捅了我们一刀。

这情况很不妙吧？

我看向凯金，他的脸一下涨得通红，接着开始渐渐发青。

这也难怪。毕竟他连辩解的机会都没有。

不用说，代理人当然不能说谎。一旦真相暴露就是死罪，想必他下了很大的决心，如果没有隐情的话，他也不想说谎。不过，现在有让他不得不说谎的状况。

这套体系是为了不让卑微的人（罪人）在王的面前发言，可是这次却被用于最恶毒的目的。

"尊敬的国王，您听到了吗？请下令严惩这些人！"贝斯塔趁势向国王进言。

而且他瞥了我们一眼，露出了胜利的微笑。

这混蛋……果然该打……

国王仍闭着眼睛一动不动。

近侍见状，替王发言道："肃静！现在宣布判决！主犯凯金，罚此人在矿山强制劳动二十年；罚其他共犯与主犯一起在矿山强

第三章
矮人王国之旅

制劳动十年。本次审判结束——"

"等等——"

一个深沉稳重的声音打断了闭庭的宣言。

国王睁开双眼盯着凯金。

"好久不见啊,凯金。你身体可好?"

"……好!国王贵体安康实乃万幸。"凯金愣了半拍回答道。

看来可以回答国王的问题。

"算了。我们也算有缘。"国王对凯金说道,"你愿意回来吗?"国王说出了他真正的目的。

四周一片哗然,看来这是个特例。

贝斯塔的脸一下青了。

我不经意间看到背叛我们的代理人面如死灰像个死人一样。

"国王,万分抱歉!我已另投他人。这份约定是我的至宝。即便是国王的命令,我也不会放弃这份至宝!"

听到这话,周围的人面带怒意。护卫的士兵杀气冲天。

凯金不但毫无怯意,反而昂首挺胸地注视着国王。

看到凯金的视线,国王再次闭上眼睛。

"是这样吗……"

四周再次沉寂。

接着——

"我宣布判决。听好了!把凯金及其同伙逐出王国。过了今天,便不得滞留在本国。宣判完毕。快从我眼前消失!"国王再次睁开双眼大声说道。

这就是王者的霸气!令人震颤的威压。

不过,国王看上去好像很失落。

就这样，审判结束，我们回到凯金的店里。

我们原本只想去喝点酒，结果却出了这么大的事。

必须赶紧收拾好行李出发。

话说回来，哥布塔没事吗？

虽然现在才第三天……

我有点不放心，推开了禁闭房的门。

"啊！欢迎回来！你们玩到现在吗？下次我也要跟你们去！"哥布塔边说边从沙发上跳起来。

什……么？这家伙是怎么摆脱蜘蛛"粘丝"的？

我仔细一看，发现岚牙狼正在一旁。

不是吧？他成功召唤了岚牙狼？

"喂，喂，哥布塔君。难道你成功把狼召唤出来了？"

"啊！是的！我在心里想着快来，然后狼就来了！"

说得真轻巧……还没有其他大型哥布林成功过呢。

难道这家伙把要给头脑的营养给了这种才能？

不会的。区区哥布塔而已，不可能的。

这一定是偶然。

这时，我才注意到矮人们看到岚牙狼后浑身僵硬。

"你们在干吗？赶紧做好准备出发。"我对矮人们说道。

"喂喂，等等！为什么这里会有一只黑牙狼？"

"是啊！再不快逃就来不及了，那可是B级魔物啊！"

他们非常惊慌。

那副模样既滑稽又有趣。

"没关系，没关系！没问题的。他是我家养的狼！除了个头大一点，和狗没什么区别。"为了让他们放心，我解释道。

第三章 矮人王国之旅

可是，这四人却同时惊得说不出话来。

顺带一提，黑牙狼是牙狼的高阶种族。牙狼进化为魔物属性时，毛会变黑。虽然岚牙狼也是黑色，但光泽不同。牙狼通常不会进化为岚属性。岚牙狼是我起名之后突变而成的。

在火山地区的狼会是赤牙狼，水边的是青牙狼，森林的是绿牙狼。总而言之，魔物可能会因得到属性而进化为高阶种族。魔属性的黑牙狼是会袭击人类的危险魔物，也难怪他们会害怕。

岚属性的颜色是黑紫色，不熟悉的人应该分辨不出来。

现在时间有限，没空给凯金他们解释。

我硬是让他们把岚牙狼理解成我的宠物，消除他们的顾虑。

等矮人们换上出门的衣服后，我让他们全部出去。

然后我把房子里能带走的东西都吞进肚里。

我的胃的容量绰绰有余，完全容得下整座房子。

但如果真这么做的话，那场面就太可怕了，所以还是算了。

就这样，做好上路的准备后，我们朝森林入口出发了，利古鲁他们正在那里等候。

●

这里一片寂静，之前的争论仿佛从未出现过。

五名罪犯如逃命般离开了这里，剩下的人全都没有行动。

贝斯塔咽了口唾沫。国王的沉默让他越来越恐惧。

接着，国王盖泽尔开口打破了这片寂静。

"贝斯塔，你有什么话要说吗？"

"不敢！这是误会！国王，这是误会！"

贝斯塔丢人地叫唤着，就差抱住国王的脚了。

而国王态度冷淡，始终没有一丝动容。

"误会吗？我失去了一位忠诚的臣子。"

"您在说什么？那种来路不明的人怎么会对国王效忠——"

"贝斯塔，你误会了。凯金那家伙早就离开我了。我失去的那个忠诚的臣子……是你。"

贝斯塔心跳得飞快。

他知道现在必须解释……可是他脑中一片空白，不知道该说什么。

贝斯塔已经无法思考了。

刚才……国王……说了什么？

"失去的是你。"那就是说……

贝斯塔在想办法。可是什么都想不出来。

"我再问你一次。贝斯塔，你有什么话要说吗？"

恐惧——

贝斯塔脑中充满了恐惧。

国王在问他话。如果不回答的话……可是他不知道该怎么说。

"不……不敢……不敢……"

"我一直对你抱有期待，一直在等你。魔装兵事件时也一样，我在等你说实话。这次也一样……"

国王盖泽尔看着贝斯塔，表情并不可怕，甚至可以说很亲切。但和这表情相反，国王的话堪比利剑深深刺进贝斯塔心里。

"你看这个——"国王指着两个东西。

不知何时，侍从把这两样东西拿了上来。

贝斯塔目光空虚地看着那两样东西。

第一个是球形容器，里面装着贝斯塔没见过的液体。

第三章
矮人王国之旅

第二个是一柄长剑。

"你明白了吗?"

听到这话,贝斯塔细细观察这两样东西。他虽然不认识那个球体,但对那柄剑有印象。那是凯金带来的剑。

"解释一下吧。"

听到王的命令,近侍开始进行说明。

必须要花点时间才能让贝斯塔理解。

这是希波库特草的完全提取液。虽然比不上起复生药(Elixir),但也是不可多得的完全回复药(Full Potion)。

就算极尽矮人的技术最多也只能提取出98%。98%连高阶回复药(High Potion)的效果都达不到。那是99%!

贝斯塔非常吃惊。那扭曲的表情好像在说:"我想知道提取方法!"

接着,贝斯塔又听到了更令人吃惊的情报。

那柄剑。

报告说剑芯的魔钢已经开始侵蚀外面的钢铁了。

这不可能。剑芯正常要和外面的钢铁接触十年之后才会开始慢慢侵蚀。

惊愕之下,贝斯塔的思维变活跃了。

如果这些都是真的——贝斯塔围绕这一前提想了很多。

"带来这些的是那只史莱姆。你的行为令我们与那只魔物断绝了来往。你有什么要说的吗?"

贝斯塔终于知道国王现在有多么愤怒。现在说什么都来不及了。

"我……我无话可说,国王。"

贝斯塔涌出眼泪。他终于明白自己被国王舍弃了。

国王不需要他。国王对他彻底失望了。

可这本是他的追求。

他的错误是从何时开始的？

是对凯金产生嫉妒的时候？

或者是在这之前……

他不知道。不过，他知道自己辜负了国王的期待，这是不争的事实。

"是吗？那么，贝斯塔！我禁止你踏入王宫。别再让我看见你……我最后要送你一句话——辛苦你了！"

听到国王的话，贝斯塔站起身，向国王深深地行了一个礼。

接着，贝斯塔离开了。

他只能为自己愚蠢的行为付出代价……

在贝斯塔离开的同时，近卫跑过去逮捕了贝斯塔的共犯，也就是那个代理人。

国王发出一道命令。

"暗部，去监视那只史莱姆的动向！绝对不能被发现。绝对！"国王特地叮嘱道。

国王平时沉默寡言，现在却特地在这道命令后加了一句叮嘱。周围的人深知这事的重要性，不禁紧张起来。

"赴汤蹈火，在所不辞！"

留下这句话后，暗部的士兵消失了。

国王在思考。

第三章
矮人王国之旅

那只魔物（史莱姆）是什么来头？

那是一种怪物。那么可怕的魔物被放出来了吗？

凭借英雄的直觉（Sense），国王感觉到有种不能无视的东西。

国王相信这份直觉，并开始行动。

●

我们在森林入口和利古鲁等人会合了。

我们在城里待了五天，和预计的时间差不多。

虽然出了不少乱子，但达到目的就好。

说到遗憾，其实我还想去这座城市的自由组织看一看，这是个类似冒险者公会的组织。虽然希望渺茫，但说不定那里会有异世界人……

另外，难得来一趟矮人国家，我自然也想参观学习一下精细物件的制作过程，不过事到如今已经没办法了。但是有工匠加入，我也该知足了。

而且还赚了二十枚金币，也算有收获。

我将凯金等人介绍给利古鲁他们。今后大家都是同伴，希望他们能和睦相处。

说起来，矮人好像没有种族歧视的意识。毕竟他们是半妖精族。从这点来看，他们自然不会有这种意识。考虑到今后的问题，这应该是件好事。

我们在启程前出现了一个问题。

岚牙非常黏我，他摇着尾巴很想让我骑上去。我让他变回接近五米的形态让三兄弟中的两人骑上来，可是……

听到我的话，岚牙开心的表情一下消失得无影无踪，跟跟跄跄地后退几步赖到地上。

他死死盯着矮人，像是在说："让这些蠢蛋消失，就能解决问题了吧？"

矮人们十分害怕，他们担心自己会被当场咬死。

他们刚见到岚牙就同时吃惊地喊道："啊——他怎么这么……"

他们表现得非常夸张。

也不知道他们是真的那么害怕岚牙，还是在卖弄自己的演技。

虽然不是很明白，但也许有什么笑点吧。

"等等，岚牙。其实我也尝试过拟态为黑狼，我想确认一下拟态之后的各项能力。所以，两个矮人就交给你了。"

听到我这话，岚牙一下来了精神。

"我明白了，主人！"

看来他终于明白了。

我让凯金和三兄弟中的老大伽卢姆骑在我背上。

老二特鲁特和老三米鲁特骑在岚牙背上。

岚牙确认这两人骑上去之后，我再用"粘丝"把他们固定在岚牙身上。

这个世界连摩托车都没有，80千米的时速也许是很可怕的经历吧。

我不知道自己能不能达到那么快的速度，不过我也没想跑那么快。

是时候展现真正的技术了。

拟态：黑岚星狼。

我拟态完毕。

第三章
矮人王国之旅

"好威风！不愧是我的主人！"

"哈哈！就是这样。你也要努力进化成这样哟！"面对岚牙的赞扬，我回应道。

"哈哈！我不会辜负这份期待的！"

新的目标让岚牙的眼睛熠熠生辉。

受到岚牙的影响，岚牙狼们也显得很兴奋。

大家都很有干劲，实在太好了。

现在让凯金他们骑上来吧。我转过头……怎么回事？他们吓昏过去了。

这些大叔到底在干什么啊？真是的……

算了。

我从背上放出"粘丝"把凯金他们拉了上来。这是我平日练习的成果！

成功了！多亏我平日孜孜不倦地练习操纵蜘蛛丝。

就这样，我把昏迷的凯金他们放到背上后，就出发了。

说点题外话，刚开始我本打算慢跑，可时速却有一百多千米。可以说，凯金他们昏迷过去也算侥幸逃过一劫。

估计他们会被一开始的加速度吓昏过去吧……

我看向岚牙背上的特鲁特和米鲁特两个矮人。

这两人会有骨气点吗？没问题——才怪。那是传说中的睁着眼睛昏迷不醒！真是可悲的家伙。

不去管昏迷的矮人们，我继续往回赶。

昏过去也好，否则还有可能咬到舌头。

如果换作是我，我宁愿昏过去，我可不想留下如此可怕的回忆。

这一切能在不知不觉间过去真是万幸。

不过吃饭时间还要叫他们起来。

我这人性格果然很糟糕。

说起来……

"利古鲁，我问个事，你能召唤黑狼了吗？"

"不，实在不好意思……我还没成功……"

嗯。连利古鲁也没成功。

其他哥布林也一脸不甘。他们的搭档黑狼也同样如此。

那就是说，只有哥布塔成功了？

"哥布塔那家伙好像成功了吧？"

"什么！哥布塔，你真的成功了？"

"嗯！我在心里呼唤黑狼，然后他就来了！"

这话让其他哥布林和黑狼的眼中燃起了斗志。

"……想想也是。毕竟哥布塔是徒步往返于这矮人王国与哥布林村之间的强者！"

原来如此，说起来……虽然我老在心里骂哥布塔是笨蛋，但他关键时刻从不掉链子。

虽然哥布塔是笨蛋，但并不无能。在往返的四个月里，他徒步穿越了这么长的距离，而且还要自己解决食物问题，确实不简单。

虽然比较弱，但这一带也有魔物出没。

我对哥布塔的评价提高了好几档。但我估计很快就会下降了。

入夜之后，我们开始休息。

虽然我完全不会疲劳，但其他人需要休息。

第三章
矮人王国之旅

我让其他人去休息，我开始确认自己的能力。

黑岚星狼的身体素质好得可怕。

感觉力量随时都会喷涌而出。

只要轻轻一蹬就能瞬间跃至高空。在地面奔跑时，速度飞快。再加上我的反应速度就能轻松发挥出他的能力。

此前的战斗，我只用"水刃"就能搞定。所以，我没怎么意识到其他问题。力量和爆发力在战斗中非常重要。

这黑岚星狼在这方面的战斗力不言自明。

我推测，如果加上"大贤者"的补正效果，我拟态的黑狼不用特殊能力应该就能秒杀洞窟里的黑蛇。

我在城里听说蜥蜴是"B⁻"。

通过"大贤者"的模拟，我能大致推断出其他魔物的等级。

按等级来算，黑蛇应该不到 A 级。

黑蛇似乎能胜过十只蜈蚣，所以应该是"A⁻"。

同样的，普通的黑岚星狼虽然比黑蛇强，但应该赢不了十只。不，等等，还有一个叫"黑闪电"的奇怪技能……

不过，我的本能告诉我这项技能不一般。

以防万一，我还是变回史莱姆之后再试吧。这样的话，技能效果会打折扣，刚好能用来确认情况。

然后我施放了"黑闪电"……威力超出我的想象。

闪光——紧接着是震耳欲聋的轰鸣。

用于试射的河边大石被打得粉碎，不留一点痕迹。

不出所料，远远凌驾于音速之上的雷光喷涌而出……但其可怕的破坏力令人惊叹，远超我的想象。

呵呵呵……"就当没这回事吧"——我即刻做出判断。

对。我刚才什么都没做！只是碰巧一个雷打下来。

刚才的事就是这样。

把这项技能和黑蛇的"毒雾吐息"一起封印起来吧。至少在能调节技能威力之前，我不会再使用。最重要的是我现在的魔素所剩无几。如果无法调节的话，就不敢随意使用。我有可能会因魔力用尽而无法战斗，这太危险了。

不过这技能的威力自不必说，而且攻击范围也很大，可以作为我的底牌。

我看着被击中的地方想道，以岩石为中心的半径二十米范围内的东西都被这巨大的热量熔化了。

利古鲁等人赶过来一探究竟，我骗他们说有一道闪电劈到我面前。但我打扰到他们休息了，感觉有点对不起他们。

看来，今后必须在僻静的地方进行危险的试验。如果还有隔音效果就更好了。要是找不到这样的地方，就不能轻易试验。

不过，我现在取得了数据。

我在脑中继续模拟。

如果黑狼使用八个"黑闪电"的话，即便没有我的操控，也能战胜十只黑蛇。

所以，黑岚星狼可能已经超出了Ａ级的范畴。

Ａ级魔物可以毁灭一座小镇，被认定为"灾害"。

看来我今后最好不要在城镇附近拟态为黑狼。

之后，我一直悄悄研究，直到天亮。

第二天早上，我让利古鲁他们准备早饭。

哥布林煮东西只会用烤的，根本称不上料理。

第三章
矮人王国之旅

现在就算了,反正我没有味觉。但我迟早要取得味觉,所以必须教会他们怎么做菜才行。美味的食物可是文明生活的第一步。

哥布林会习惯文明生活吗?

我觉得会。虽然我也不知道该怎么做,但我打算把能做的事全都试一遍。如果在料理这一步就失败的话,我可就头疼了。

矮人们起床后脸色仍未恢复。他们没事吧?

"你们没事吧?"

"啊……啊……这里是……"

随着意识渐渐清醒,他们开始对周围陌生的景色感到疑惑。

我告诉他们我们正在去哥布林村的路上。

"什么?正常来说要两个月才能到啊!如果不去城镇弄辆马车的话,食物怎么够我们吃?"

他们到现在才吃惊。我本想反问"你在说什么"。不过又想到自己没对他们做过任何说明。他们根本不知道自己是以哪种方式、以怎样的速度到这里的。

反正也不赶时间。我就趁这机会向矮人们说明了状况。

正好,早餐也准备好了。虽然只是烤野兔,但矮人们在食物的刺激下肚子咕咕直叫,估计他们早就饿了。

我们边吃早饭边聊今后的计划。

这时,我顺便回答了他们刚才的疑问,并告诉他们还有两天左右就会到哥布林村……

"不可能……"

他们嘟囔了一句,之后便一句话也没有。

两天抵达意味着要有相应的速度,也难怪他们会感到意外。

我安慰他们说,放心吧,习惯之后感觉会很舒服的!

如果他们能早点习惯就好了，不过估计在他们习惯之前，我们就已经抵达目的地了。

我们重新开始赶路。

我使用"思维传递"创造出一个可以说话的环境。我已经用过多次，现在很熟练。

看来这对矮人们也有用，太好了。

"思维传递"类似于高阶的"念话"，可以通过连接让多人同时对话，是非常棒的技能。同时展开多线作战的时候应该会很有用。

有效范围为一千米左右，不过应该够了。

矮人们紧紧抓着狼没有昏过去，看来他们对此有心理准备。

移动时大风吹得他们睁不开眼，于是我试着用丝做了一层薄膜。这算是头盔的替代品，制作过程意外地顺利。

我可以用思维在一定程度上控制蜘蛛丝了。

看来习惯魔素的操纵方法后，我就可以随心所欲地操纵。除了"粘丝"之外，对其他各种东西应该也有效果。魔素简直就是魔法元素。

矮人们也渐渐习惯，不会慌乱了。

头盔的替代品效果也很不错。

所以现在可以安心聊天，我边赶路，边随便向矮人们请教一些常识问题。

哥布林们也兴致勃勃地听着矮人们的话，并把这些事和自己的常识融合在一起，和矮人们聊得很起劲。看到双方渐渐熟悉，我也可以暂且放心了。

看样子我们可以顺利抵达村子。

矮人和哥布林本质是一样的吧。

第三章
矮人王国之旅

矮人族是长寿的半妖精。

哥布林是短命的半魔族。

他们进化的方向不同。也许是生活环境不同？

也许哥布林不是进化，而是退化。

由哥布林进化而成的大型哥布林说不定是矮人的魔族版。估计这和返祖现象差不多，魔力也增加了不少。也许进化之后，他们的寿命也会变长，这点应该错不了。

不过，哥布林不怎么机灵，看来魔族和妖精还是有区别的……

虽然都是半妖精种族，但矮人比精灵更接近魔物。

所以他们熟悉之后处得很融洽，一点都不别扭。

我突然想到一件事，便开口问道："凯金，虽然有点晚，但我有个问题。你很尊敬矮人王吧？你愿意这样离开吗？"

"啊，是这事啊。没有矮人不尊敬国王，毕竟自己的国王是传说中的英雄。"

确实。他是睡前故事中的英雄。

这位英雄活在世上，庇护着自己，成了自己的国王，也难怪他会成为众人憧憬尊敬的对象。

所有人都想为国王效力。

他做的事绝对正确，不会有错，是理想的国王。

要一直在现实中维持这一形象，需要付出多大的牺牲啊。

从某种意义上说，甚至让人感到害怕。因为这需要强韧到可怕的精神力量。

所以矮人才会如此信任国王吗……换作是我，我会有这么强的决心吗？

话题转移到哥布林的统治者身上。可是在这之后呢？

"我说凯金,你为什么要跟着我?不管怎么想都应该回到国王身边吧?"

凯金答道:"哈哈哈哈!没想到老爷你心思这么细腻,只是因为有趣罢了。我的直觉告诉我,这家伙会搞事!有这理由就够了吧?"

这就够了……吗?

够了。没错!

"哼。之后你可别哭哟!我可是出了名地爱使唤人。"

是的。毕竟我什么都做不了。

我会把事情交给别人,会依靠别人。可是,在别人有需求时,我也想帮助别人。

"我知道了!"

听到这个回答,我满意地点点头。

两天后,我们按计划抵达了村子。

我们达到目的,回村了。

少女与勇者

咚咚咚……

幽静的声音在城堡中回荡。

魔王已经逃走了。他放弃了这座城堡。

我负责殿后。我只是一枚弃子。

魔王从始至终都当我是道具,不带一丝感情。

为我起名字是他流露出的唯一的情感。

我恨魔王吗?其实我自己也不清楚。

服从魔王是炎之高阶魔精伊芙利特的意志,还是我自己的意志?

我到现在都不清楚。

我不恨魔王把我当成弃子。因为我已经无所谓了。

这座城堡似乎是用于某个试验的设施。估计对魔王来说,即便放弃这座城堡也没多大损失。

不可思议的是,我留在这里有意义吗?

我们本可以不用迎敌,迅速撤退。魔王却叫我留下来。

我到现在也想不明白魔王到底有什么意图。

来这里的是勇者。

她将长发绑成一束垂在脑后,一身轻装备,从头到脚都是黑色。

不输于魔王的美貌。不同的是，勇者是少女。

看到勇者的瞬间，我的直觉告诉我，赢不了。

但我想和勇者对峙到底，不是以人类的身份，而是以炎之魔人的身份。我活得太久了，我想为此赎罪。

汇集的火焰化为利剑，但勇者的刀却轻松接住。这超高温的利刃本能够斩断一切，但却被一把刀接住了，我对自己的眼睛产生了怀疑。估计这不是刀的性能不过关，而是勇者的能力太强。

经过在魔王控制的黑骑士的训练之后，我的剑技也不一般。我还记得黑骑士曾夸过我。伊芙利特不会剑技，所以这纯粹是我自己的才能。

成为魔人之后，论身体素质，我是魔王莱昂部下中的佼佼者。这样的身体素质再加上经过黑骑士指导的精湛剑技。我之所以能成为魔王的心腹，是因为我不会一味依赖伊芙利特的力量。

然而，所有攻击对勇者都不起作用。

我拼命学会的剑技也全部被勇者的刀架开了。她轻轻化解了我的攻击，我连正面交锋的机会都没有。

而且，即便被伊芙利特的超高温火焰吞噬，勇者也若无其事地屹立着，一滴汗都没流。

我刚开始的直觉没有错，勇者的实力远在我之上。

我感觉到伊芙利特的魔素消耗过度，渐渐在我身体里休眠。我无法继续战斗。我输了，什么都做不到。

我当场瘫坐在地上。我也算报答了魔王。如果可以的话，我还想活下去，但我现在是魔人，我知道勇者肯定不会放过我的。

"你闹够了？你为什么会在这里？"勇者对我说道。

我有些意外，我本以为她会直接杀了我。

少女与勇者

我微微歪过头,疑惑地看着勇者。勇者的使命是猎杀魔王,我是与勇者敌对的魔人。就算勇者不由分说直接杀了我,我也没什么可抱怨的。

可是——勇者却在问我话。她是一时兴起吗?

我怯怯地开口回答勇者的问题。我把自己被召唤到这个世界之后如何活到现在、自己都做过什么……一切经历都告诉了勇者。

我很自私吧。

我已经变成了魔人,勇者不可能会相信我的……

不过,有人会对我感兴趣、愿意听我说自己的事,我真的很开心。因为我可以在这世上留下了自己曾经活过的证据。我可以挺起胸膛说自己确实活过,即便只留在某个人的记忆里。

勇者应该不会相信我这个魔人的话吧。即便这样,我也知足了。至少我会在她的记忆中留下些许痕迹。

可是,勇者却说:"现在没事了。你很努力呢。"

勇者相信了我。

听到这话,我流下了眼泪。我下意识地搂住勇者哭了起来。

来到这世界之后,我第一次放下心来。我终于可以坦率地流露自己的感情了。

*

从那时起,我受到了勇者的保护。

勇者看到我被严重烧伤的疤痕,表情十分阴郁。我对此早已司空见惯,而且我把这遍布我一半身体的痕迹视为自己活过的证据。

勇者尝试用回复魔法治愈疤痕。不过事与愿违。烧伤疤痕一消失,我的情绪就会变得很不稳定,直到疤痕再次出现,估计这是受和伊芙利特同化的影响。

勇者思考了一会儿，从怀里拿出了一个美丽的面具。

"这面具能提高魔法抵抗力，应该能压制你体内的伊芙利特。"

说完，她爱惜地抚了抚面具，然后交给我。

我用"抗魔面具"压制住伊芙利特，同时隐藏疤痕，但效果不只是这样。

伊芙利特的意志被压制住之后，我此前被抑制的感情喷涌而出。

孤身一人的寂寞和成为魔人的恐惧，杀死第一个朋友的愧疚，对这不讲理的世界的激愤……戴上面具后，我找回了一个孩子应有的感情。

勇者一直紧紧抱着我，直到我冷静下来。

我记得在那之后有一段时间，我非常怯懦，只敢和勇者一人说话。

但勇者没有嫌我麻烦，她亲自照顾我，慢慢解开我的心结，教我如何正常和人说话。

我用长袍遮挡全身，跟在勇者身后。我害怕自己被丢下，总之拼命跟在她后面围着她转。

就是这时候，她把我介绍进一个名叫冒险者互助组合的组织。

总是用面具隐藏相貌的沉默少女。这是人们对我的评价。

当时我躲在勇者的阴影中，是个什么都不会的累赘。

某一天，在冒险者互助组合发生了这样一件事，我当时已经来过这里几次了。

"那个戴面具的是女孩子吧？这次比较危险，也许应该把她留下来？"

少女与勇者

勇者去讨伐魔物时我也一直跟着她,有人担心我的安全,于是对勇者说道。

然而,我除了害怕什么都做不到。因为当时的我只信任勇者一人。

对我而言勇者就是全部,我无法想象自己离开她会怎样。

我认为万一自己是魔人的身份暴露的话,大人们应该会杀了我。我的常识让我产生了这样的想法。

勇者对我苦笑道:"没事的,这里的人都很好。而且你也很强。所以没关系的。"

勇者用这话劝慰我。

这是我努力的动力。因为我不想辜负勇者的期待,而且我心里也明白不能一直这样下去。而且,不知为何,我完全相信勇者的话,她说什么就是什么。

我很不可思议地冷静下来,我从那天起便留了下来。

我在组合接待处旁的等候室里学习。

我就是在这时学到我所在的国家是布鲁姆特王国,也知道了在鸠拉森林周边还有好几个国家。

我学到的不仅是国家的名字。有人在接待业务的闲暇时间教了我算术。此外,我还学了几种文字。

我倾听冒险者们谈论周边国家的情况,大致了解到这周边有怎样的国家、势力间有怎样的关系。

我没上过学,对我而言,组合就是学堂。

还有魔法也一样。

法术师(Sorcerer)和咒术师(German),魔术师(Magician)

和符术师（Enchanter）。

路过组合的也有这些精通魔法的人。

就这样，冒险者和我关系变好之后，把世界的秘密教给我。我很幸运。

虽然也有我无法理解的深奥知识，但我当时需要的是了解与魔物相处的方法。

高阶魔精伊芙利特与我同化了。拜此所赐，我省去了缔结契约的步骤，可以直接使用伊芙利特的能力。

但是，我不能忘记自己用抗魔面具封住了伊芙利特。我小心翼翼地探索着与伊芙利特相处的方法。渐渐地，我能在一定程度上使用伊芙利特的能力，同时也不会给身体造成负担。

不知不觉，人们开始用"爆炎支配者"这一异名来称呼我。我可以随意操纵火焰，擅长爆裂魔法，被人们当成魔精使役者（Elementalors）。

我成长了，现在即便跟着勇者去冒险，也没人会担心我的安危。不仅如此，勇者把我当成了一起旅行的伙伴（勇者的搭档）。

我很开心，因为我得到了自己的恩人勇者的认可。我想多少为她尽一份力，也在为此努力着。

这份努力使我感到无比幸福。

然而，几年后，勇者踏上了旅途，把我留了下来……
我不知道是为什么。也许勇者也有她自己的苦衷吧。
就和我一样。总有一天，我也会离开，我没资格抱怨勇者。
我要杀死魔王？不，其实——
魔王救了我，又舍弃我。也许我只是想知道魔王的真实想法罢了。而且，我想让魔王再次认可我，让魔王知道我这个人还活着。

　　我已经长大了，不再是不明是非的孩子。所以，沾湿这面具的水滴一定是我的错觉，我可以肯定。我目送着勇者离开。

　　我们一定会再见的——

　　我把这话留在心里，决心一定要变强。

*

　　勇者离开后，我长途跋涉巡游诸国。
　　我要和她一样帮助受苦的人。
　　我的肉体长到十六七岁便停止了成长，也许是受和伊芙利特同化的影响吧。这像魔王的诅咒一样把我束缚住，不过这反而有助于我当个冒险者。
　　大多数冒险者都要干危险的工作，比如在森林里采集稀有植物、与魔物战斗获取素材等。所以人们推崇强者。正因为行走在死亡边缘，人们才会尊重强者、依靠强者。
　　冒险者互助组合这一组织中聚集着自由生活的人们，不隶属于任何国家。
　　所以，即便在与魔物的战斗中受了伤，国家也不会管。国家会在国内组建骑士团，保护本国的领土。
　　城镇遭到魔物袭击时，领主会发出讨伐委托。不过，国家和冒险者之间普遍没有互助的想法。所以，国家的领土限制在军队有能力保护的范围之内，国民的生活圈非常狭小。
　　城镇也会遭到强大魔物的袭击。

关于我变成史莱姆这档事 1
Regarding Reincarnated to Slime

三头蛇或者长翅膀的狮子等灾害级魔物出现在城镇附近时,整个国家会像面临战争一样混乱。

国家间会通过协议定下超越国界的互相支援体制,这是理所当然的。不过,这种支援终究是建立在确保安全的前提下。讨伐魔物事关国家的威信,必须由当事国自己解决。

所以,国家会特别优待拥有市民权的国民,而在城墙附近设立居住区供其他人员居住。

没有市民权的人习惯被夺取。为了保护自己,有实力的人会去当冒险者。贫富差距自然越来越大。

这是弱肉强食的世界,弱者免不了被欺凌。

我想帮助那些贫穷的人,就和在我需要时救了我的勇者一样。

如果弃他们于不顾的话,我就与魔王无异了。所以,我总是站在弱者那一边拼命努力着。

不知不觉间我被称为英雄,成了他人的依靠。

*

一头龙来袭击城镇了。

它的战斗力相当于一支军队,毫无疑问是灾害级魔物。布鲁姆特王国即刻宣布发生紧急事态,开始戒严。当然,我也收到了委托。

灾害级魔物每隔几年便会出现一次,但这次的魔物非同一般。

半吊子的攻击对龙没有效果,骑士团孱弱的攻击指望不上。我也尽全力参与战斗,但剑没有效果,我无法对它构成威胁。这样下去会出现大量伤亡。出于担忧,我唤醒了沉睡已久的伊芙利特。

龙喷出的炽热吐息吞噬了我的身体,但我已与伊芙利特同化,这种攻击对我而言不过是微风拂面。

龙注意到自己引以为傲的"吐息"对我无效，出于本能对我产生了恐惧，但为时已晚。从我的双手里伸出白热的火焰之鞭，束缚住正要逃跑的龙。

结果，我成功将龙烧为灰烬。不过，代价是我陷入昏睡状态整整一周。

原因是魔力不足。我已近老年，无法像年轻时一样集中精神。精神力的衰退意味着魔力的衰退。

由于和伊芙利特同化，我的魔素量（能量）充足，但操纵魔素的精力却衰减了。由于我的肉体不会老化，所以我一直没注意到自己的精力在衰减。仔细想想，我一直在抑制伊芙利特，所以精力的消耗也不是什么不可思议的事。

从结果上来说，有办法击退龙是好事，但稍有不慎就会放出比龙更加凶恶的伊芙利特。

我想起往事，怕得脸色发青。

搞不好我又会亲手把自己想保护的人烧为灰烬。

也许是时候了——我想说。我一旦虚弱，伊芙利特就有可能失控。也许我该考虑隐退了。

我去找海兹商量这事，他一直照顾我，是冒险者互助组合的管理人。

"那你就去英格拉西亚王国吧。那里正在招募能教新人基本战斗技术的人才。隐退的冒险者虽然很多，但有能力教别人的人才却很宝贵。"

说完，他给我写了一封介绍信。

"谢谢，我从始至终都承蒙你的关照。"

"别，别。要道谢的是我们，静帮了我们很多。"听到我的道谢,海兹不好意思地笑着应道,"多保重。还有,放假的时候过来露个脸。"

最后,众人说着话送我离开。我记得当时我非常高兴,感觉自己成了他们的同伴。

就这样,我从冒险者的职业中隐退,开始踏上成为教导官的道路。

第四章 爆炎支配者

Regarding Reincarnated to Slime

第四章
爆炎支配者

我们抵达了哥布林村。

从我们离开村子到现在还不到两周,但我感觉很怀念。

不过这根本称不上村子,不过是个用栅栏围成的广场……

看来我们出去的时候,他们搭起了帐篷度日。

我注意到村子中心的火堆上架着一口大锅。

原本他们的烹调方法只有烧烤,现在又加上了烹煮!这是显著的进步。

那口锅是从哪儿来的?我仔细一看,原来那是用邪蛇大龟(Big Turtle)加工而成的。

他们的狩猎范围到底变成多大了……

至少他们没有被其他魔物袭击,我可以暂且放心了。

我们一进入村子就引起了哥布林们的注意,他们欢呼着出来迎接我们。

很遗憾,我们没带手信。

我看到他们把狩猎时取得的魔物毛皮晾干了,估计矮人们马上就能为他们做衣服了吧。

不过总有一天要让哥布林们学会自己做衣服。

那接下来就要向他们介绍矮人,现在就去找利古鲁德让他把大家召集起来吧。

不过没这个必要,利古鲁德已经跑了过来。

他看上去有些慌张,我本来以为他是急着来迎接我们,但走近之后才发现他面带难色。

我正想询问情况,但他先开口了。

"欢迎回来!利姆鲁大人刚回来,我本不应叨唠,但有客人在等您……"

利古鲁德不好意思地回答了我的疑问,仿佛在说:我本不应打扰您休息!

客人……我好像没熟人吧?

总之,现在先让矮人们在村里自由参观。他们也要住在这里,应该会有兴趣吧。

我先让利古鲁关照矮人们,然后再去找客人。

利古鲁德把我带到一个大帐篷面前。看来他们还准备了一个接待用的帐篷。

会是谁呢?想也没用,进去就知道了。想到这里,我走进帐篷。

我穿过帐篷的帘子之后吓了一跳。

里面有几只子鬼(哥布林)。

其中有几只穿着体面的哥布林,他们身后还跟着好几只随从。

他们是族长和护卫吧?好像没带武器。不过带没带都一样。

哥布林们不顾我的困惑,突然跪倒在地。

"初次见面,伟大之人!请务必听我们一言!!"他们齐声说道。

伟大之人?好像是在说我,但这也太夸张了。不过他们看我的眼神非常认真,毫无调侃的意味。

不知道他们想要我做什么,总之先听听吧。

"嗯。说说看。"

"万分感谢!希望您准许我们加入您的麾下!!"一个族长代

第四章 爆炎支配者

表众人说道。

其他人也点着头表示同意。

"请您务必准许！！"

他们期待地看着我，然后一齐重重地磕头。

说实话，我觉得很麻烦。

我们这里百废待兴。现在可没空陪你们！

我本想这样拒绝他们，但这座村子人手不足也是事实。可以预见这一带迟早会因地盘问题发生冲突，既然这样，趁现在拉拢他们也不错。

如果出现叛徒的话就把他们全部杀了吧。

我不容许背叛。

天真的想法会阻碍我率领魔物。我必须冷静透彻地面对问题。我下定决心后决定接纳这些家伙。

如果这些家伙背叛，我就把他们杀掉。

不过……我竟然会如此轻易地进行杀戮！

我对自己感到很意外。

算了，也许这比为杀戮烦恼好。

不过我只看到他们的代表，这些人的背后到底有多少哥布林呢？

想到要为这些家伙考虑名字，我叹了口气……

各族长回去通知自己的村子。

接下来，我要质问各村的代表。

大致情况是这样……

事情的起因是森林的秩序崩溃了。被牙狼族袭击时，利古鲁德的村子被抛弃也是因为他们无暇分散战力。

猪头族（半兽人）、蜥蜴人族（蜥蜴人），还有大鬼族（食人魔）……

这座森林中有智慧的魔物为了森林的霸权都开始行动了。

虽然此前也有小规模冲突，但各方都默不作声，没有发展为武力冲突。

当他们发现这座森林的统治者消失之后，便开始算总账了。

魔物本来就喜欢夸耀自身的武力，因此各种族都在全力准备清算之前的积怨。战争只是时间问题。

子鬼族（哥布林）等弱小的种族面临被践踏的命运。

哥布林各族长非常慌乱。这样下去，自己的村子会被卷入斗争面临毁灭。

族长们连日开会讨论，但哥布林终究是没有智慧的魔物。

他们不可能想得出好的方案……

这时，他们收到了有村子被牙狼族袭击的报告，但当时无暇顾及。所以他们放弃了利古鲁德的部族，最终忘了这回事。

不过……他们还是想不到好办法。粮食日渐匮乏，这时有报告说森林里出现了新的威胁。

黑色的野兽，以及野兽身上的骑士。

这些人在森林中疾奔时如履平地，他们在攻击森林中强大的魔物。

他们到底是什么人？一份令人惊愕的报告送到了战战兢兢的哥布林手上。

看来他们曾是哥布林。

第四章
爆炎支配者

接到这份报告后，哥布林内部出现了分歧。

有人主张应该立刻去寻求这些人的庇护。

有人认为这太反常，肯定是某种陷阱，主张戒备那些人。

担心这是陷阱的人最后被说服了，毕竟那些强者没理由要设陷阱来对付哥布林。

不过，就算这不是陷阱，这些人也未必会接受他们。最重要的是，他们曾抛弃了利古鲁德的村子。想起这事的人提出了反对，他们认为利古鲁德不会原谅自己。看来哥布林也有羞耻心。

最终他们无法用语言得出结论，这也许是没有智慧的可悲之处吧。

所以想要寻求庇护的那些人派出代表来了这里。

原来如此，这么做确实很自私。不过哥布林既弱小，又没有智慧。也许他们也是走投无路吧。不管怎么说，我已经决定要接纳他们了。

想来的人就尽管来。

我这样告诉来访的哥布林代表。

这些哥布林带着我这句话回到了各自的村子。

*

接下来才是问题。

我望着来到这里的哥布林想道：是不是……太多了？

这个村子根本容不下这么多哥布林。

话说回来，我为什么要为这种事头疼？

这几天，我们在制作斧头，用做出的斧头砍树，再加工成木材。还没到盖房子的阶段，要做的事太多了。

凯金负责木材相关的事务。

矮人三兄弟孜孜不倦地加工毛皮，为大型哥布林制作衣物。

矮人三兄弟看女性（哥布林美女）的目光很不寻常。也许应该尽早制作女性衣物，于是我做出了指示。

其他哥布林经历了种种慌乱最终来到这里。

四个部族，一共近五百只。

据说剩下的人去了反对派的村子。

看来我们必须换个地方了。现在刚好能一次性搞定。

想到这里，我在脑中查看地图。

最理想的位置是靠近水源、适合农耕的开阔场所。

在我去过的地方中，条件最接近的是……在最初离开的洞窟旁不远的地方。

嗯。我叫来利古鲁德，询问那一带的情况。

"那一带是不可侵犯的领域。因为洞窟和森林不同，里面有强大魔物的巢穴……"

"那应该没问题。我之前就住在那里。"

"什……什么？"

"不，我就是那一带出生的，应该没问题。"

"……真不愧是您。我利古鲁德太钦佩您了。"

不知道他在说什么。

我只是生在那个洞窟里而已，有什么值得钦佩的？

不管了，他怎么理解也行。

我赶紧叫来三兄弟的老三米鲁特，向他请教建筑相关的知识。

我和米鲁特谈了很多。我还保留着一点前世有关建筑的知识，我把自己记得的知识都告诉了米鲁特。

第四章
爆炎支配者

　　这个世界的人将测量技术与魔法相结合，测量水平还不错。然后再加上姑且算是我的知识，我们制订了实地测量计划。

　　虽然黑狼没这必要，但哥布林和矮人需要排泄物的处理设施。既然这样，我想干脆连排污相关的设施一起整备，这样一来还能把排泄物发酵为肥料。从卫生方面来看，排泄物也容易成为传染病等的传染源，这算是常识。我把这事告诉米鲁特。

　　哥布林是魔物，他们也会生病吗？得到的回答是他们和普通人一样也会传染上疾病。他们明明是魔物，竟然这么脆弱。不过他们那么不讲卫生，不生病才怪……

　　哥布林的繁殖能力很强，出生率高于死亡率，所以才能维持数量。

　　他们进化之后，繁殖能力大幅下降。从这点来看，估计他们的寿命也会变长……不过如果病死的数量较多的话，就无法维持数量了。我没有医疗方面的知识，无法解决疾病问题。

　　说不定可以用魔法治疗疾病。但这里没人会用魔法，所以魔法也指望不上。

　　所以我决定，既然要大兴土木就干脆连卫生方面的问题也彻底解决。

　　米鲁特也算了解处理排泄物的相关知识。他曾经向几个"异世界人"了解过这方面的问题。

　　这世界里有一门名叫精灵工学的独特学问，这门学问解决了很多不可思议的问题。

　　他本来不怎么了解要如何利用排泄物，听了我的话后非常吃惊。

　　就这样经过一番讨论之后，我将米鲁特任命为建筑班的班长，把这些事全权交给他。

我最擅长把工作全部丢给别人。

我指示利古鲁德派点人手给米鲁特,让他们去实地测量了。

为防万一,我让岚牙也跟着去。

应该没有魔物会跑出那座洞窟,但不怕一万只怕万一,有岚牙在的话就不怕了。就这样,我让米鲁特带着建筑班出发了。

虽然解决了一个问题,但还有一件要事。对,就是起名字。

想到这事我就头疼。将近五百个名字,也许需要轮到禁断的ABCD出场,只用假名的话肯定不够。

赶紧开始起名字吧。

果然,我在中途进入了不活跃状态(睡眠模式),一共用了四天为所有人起了名字。我甚至想表扬自己的勤劳。

好在这次没有上一次那么疲劳,我可不想再来一次。

进化后的族长们跪在我面前。

以利古鲁·德为首,还有鲁格鲁·德、雷格鲁·德、罗格鲁·德。

他们站在一起一目了然。对!就是假名的顺序岚(らra)、利(りri)、鲁(るru)、雷(れre)、罗(ろro)。

岚牙的名字在这里纯属偶然。

虽然这些名字是我随意起的,不过没关系!反正没人会知道。

这可是我好不容易想出来的——我可不会忘记强调这一点。

我很擅长强调自己工作很努力。

剩下的第四位族长是女性。

于是,我给她起了一个女性化的名字莉莉娜。

子鬼族(哥布林)的性别单凭外表很难分辨,我可以通过"魔力感知"来判断。

第四章
爆炎支配者

以后这个名字也会系列化吗？这个想法在我脑中一闪而过……还是先别想以后的事了，毕竟以后没有这种情况了。

那么，关于眼前这些哥布林，我应该给他们确定上下级关系吗？

"大家都是好朋友，人人平等！"现实里不可能有这种事。

明确的命令系统必不可少。对重视力量的魔物而言更是如此。

因此，我做出了决定。

"听着，我要授予你们职位！"我宣布道。

我把利古鲁德提升为哥布林王。

剩下的四名哥布林族长则是哥布林领主。

周围那些留在村里的哥布林都跪下来，咽了咽口水注视着这一切。

"是！遵命！"

话音落下，众人不约而同地发出震耳欲聋的欢呼声。

哥布林进入了全新的时代。

凯金正在准备一切木工工具。

在伽卢姆和特鲁特的指挥下，衣物类的制作很顺利。

村子的空地上木材越来越多。准备工作进行得很顺利。

所有哥布林都完成进化时，米鲁特也完成了新村子建设用地的测量工作。

一切顺利。

我查看了新村子的建设规划。

这已经超出了村庄的规模，称得上小镇了。

这是我们的新家。

确认一切准备完毕后，我们出发了。

我们迈向新的土地。

我们迈出了创建新王国的第一步！

●

那个男人名叫菲茨。

他是小国布鲁姆特所属的自由组合布鲁姆特支部公会的会长。

经认定，他的实力高达"A⁻"级，而且还是名出色的冒险者。

和贝鲁亚特男爵约好后，他立刻单方面展开调查。

结果他接到情报部的联络，确认帝国没有行动。

帝国有可能一直按兵不动吧……他曾这么想过，但这事不能有闪失。

他让人继续监视帝国。

这本来不是他的工作，但别无他法，只能这样。

另一支调查小队回来向他报告了。

他进门后慢慢坐到沙发上。这里是专门用于秘密会谈的接待室。

他对面的沙发上坐着两男一女。这些是B级冒险者。

基德，擅长隐秘行动。职业（Class）：盗贼（Thief）。这个男人很擅长收集情报。

卡巴鲁，防御力出众。职业：重装战士（Fighter）。他为队伍筑起了铜墙铁壁。虽然很爱闲聊，但工作却很细致。

爱莲，专攻特殊魔法。职业：法术师。她会用多种魔法，擅长移动系魔法。值得一提的是，她的小心谨慎能为队伍提高不小生存

第四章 爆炎支配者

概率。

这支小队调查了封印着维鲁德拉的洞窟。

不出所料,他们平安归来了。本来,探索那座洞窟适合的等级为"B$^+$"。这是个十分危险的地方,考虑到洞窟可能有Boss级魔物,甚至可以委托"A$^-$"的冒险者。假设菲茨亲自前往,他一个人也很难攻略这地方。

但他是公会会长,本来也不能随意行动……

所以他派出"B$^+$"的冒险者,委托他们去调查维鲁德拉现在的情况。之所以委托他们是因为他们有较高的生存概率和情报收集能力。他判断在无须讨伐魔物、只要收集情报的情况下,这些人的能力不亚于"B$^+$"冒险者。

不过,如果他们有什么万一,他这个公会会长就要承担不可推卸的责任。因为这种行为明显违反规定,支部长可不能带头做这种事。可是,他知道无论如何都需要确认情况。所以他们平安归来后最高兴的就是菲茨。

"报告吧。"菲茨不露一丝感情地问道。

无论内心多么感激,他都不会说嘘寒问暖的话。

这三人也习惯了。

"太累人了。真是的!"

"我想尽快去泡个澡……"

"你们俩一直在吵嘴,我这个劝架的才累……"

还是老样子,他们平时报告任务时也是这样。不过,他们的表情很严肃。从这反应可以看出完成这次的任务相当困难。

接着,三人开始报告了。

他们在洞窟内与魔物的战斗。

他们骗过了守护者岚蛇（Tempest Serpent）的感知能力，进入封印门的内部。

确认维鲁德拉已经消失。之后他们在门内调查了一周左右，确认里面没有任何东西。

其中有件他们最为在意的事：

"我们完成内部调查，从那扇门出来之后……岚蛇不见了。"

"是啊！我的逃脱魔法（Escape）无法在门内发动，所以我一直为如何逃过岚蛇而烦恼，我就像个白痴一样！"

"我的'幻觉＋热源诱饵'也没机会出场了。不过我也很担心，虽然进去的时候这招很有效，但不知道回来的时候是不是还能奏效……要说这也值得庆幸呢。"

他们报告了这样一件事。

这到底是怎么回事？

据推测那是"A⁻"的魔物，是那座洞窟内部最强的魔物。菲茨估计他自己也赢不了那只魔物。如果有它在，这次任务的成功率就会大幅下降……

菲茨思考着。

那地方果然有情况。菲茨认为有必要弄清那里发生的事。

"好。我给你们休三天假，之后再去那座森林调查。这次不用进入洞窟。你们要彻底调查洞窟周边的情况，一定要仔细。你们可以走了。"

"一句'你们可以走了'就完事了吗？"

"什么啊？才三天？！多给我几天假啊！"

"好啦好啦……反正你们再怎么说都没用吧。"

菲茨听见了三人的吐槽，不过他并不在意。

第四章
爆炎支配者

当务之急是整理手头的情报，那座森林里到底发生了什么……

菲茨苦思着。

他突然想起了什么，睁开双眼，看到三人愤愤的目光。

这些家伙……

菲茨叹了口气怒吼道，声音比平时还大："你们在干什么？赶紧走！"

说完，他把那三人赶了出去。

三天后……

卡巴鲁、爱莲、基德三人正在为去森林调查做准备。

"真是短暂的假期啊……"

"真是的。"

"喂喂，别光顾着抱怨。时间宝贵——"卡巴鲁安抚道。他毕竟是队长，也不能放任那两人一直抱怨。不过从这有气无力的声音可以看得出他和这两人的心情一样。

通往森林的交通手段很少。

最近魔物异常活跃，商人的载货马车也不去森林了。毕竟雇用护卫价格昂贵，太不合算了。因此，现在徒步是去森林的唯一交通手段。本来马车也无法穿过"封印洞窟"的路，反正中途都要下车步行。所以，准备工作非常重要。

光是准备数周的干粮就不是一件易事。如果疏忽的话，他们还没到目的地就饿死在荒野了。所幸爱莲的魔法还能变出水来。

准备接近尾声，即将出发之时，有个人来到他们面前说道："打扰了。既然你们要去森林，那能不能让我同行一段？"

这是一个听不出性别与年龄的声音。

那人的表情也看不到，因为那人脸上戴着面具。

那是一个没有表情但十分美丽的面具。

这一切酝酿出一种奇怪的氛围……不过……

"好啊。"

"等等，你这家伙！怎么不等我这个队长开口……搞什么啊，真是的！"

"哎呀哎呀，小姐都已经说出口了，你现在还能说什么呢？"

这三人随随便便就答应了。

"谢谢你们。"

那人说完这句话后，便默默地跟在三人后面。真是个怪人。

就这样，卡巴鲁三人加上一名同伴再次前去调查。

●

森林中回荡着砍树的声音和锤子敲打的声音。

哥布林们正在为新的小镇平整地基，依次建造房子。话虽如此，但现在没开始盖房子，这里仍是一片开阔的空地。第一步是铺设排水的管道。

我们用水渠直接从河流引水。

按照计划，会建一座管控水质的建筑，不过还在建设中。我打算在这里净化水质，再供应给各家各户。

我们用木材做成下水道埋设在地下。

木材内侧做过防腐处理，不易腐烂，并用水泥固定。现在正在进行这项工程。幸好附近的山上能采到石灰类的材料。

此外，我们还计划在小镇外部建造污水处理设施，用于制作

第四章
爆炎支配者

肥料。

我还设想要建设类似大型体育馆的建筑物，用于暂住的建筑物。因为只是设想，所以目前只做个大概，但现在这样没有问题。

区域的整理很顺利。

我把靠近洞窟的位置定为中心地带，计划在那里建造我的住所。族长们的住所挨着我的住所。居民们的房子就建在附近。

这里是一开始进行整理的区域，所以规划整齐没有杂乱感。这里规划了两条交叉呈"十"字形的大路，方便必要时刻集体行动。如果街道都一个样的话，会很容易迷路，所以必须花心思好好规划。不过这份担心似乎是多余的。

在敌人进攻的时候，这种担心岂不是会方便敌人行动？

如果敌人能攻进街道的话，就是大问题了，这种事情也就没什么好在意的了。

如果被毁坏的话，重新建造就好了。

我先给子鬼族（哥布林）起名字，让他们进化为人鬼族（大型哥布林）果然是正确的。

他们的智慧迅速提高，记忆力变得很好。另外，他们的体格变壮，力量变强。

据矮人说，哥布林是 F 级魔物，而大型哥布林相当于 C ～ D 级魔物。

不管怎么说，他们也不过是从"论只算"变为"论人算"罢了。比起魔物，他们更接近人类。他们的评价等级受装备、职业和技术（Arts）影响，也不过如此。

换句话说，他们每个个体千差万别，但在能力的强弱上差不了多少。

比较特殊的是被我任命为领主（Lord）的四个，他们的能力比其他人强。

更强的是被我任命为王（King）的利古鲁德。

"哦哦，原来您在这里啊！我正找您呢。"

他人高马大、肌肉发达，令人不禁惊呼"这是哪来的怪物啊"。凯金曾说过："这何止是不输于大鬼（食人魔）？简直是完胜！"不仅是名字，他们拥有职业之后好像也会产生变化。

魔物的生态真是谜团重重。也许下次应该任命其他人试试。

"有什么事？"

"是！我们抓到了几个可疑分子，特来报告。"

"可疑分子？是什么魔物一伙的？"

"不，是人类。按照您的命令，我们没对他们出手。"

"人类？为什么会来这地方？"

人类？终于来了！我得和他们搞好关系！

不过，如果他们和之前那些白痴冒险者一样的话，我就暗中把他们处理掉拿去喂魔物。

"他们正在和一群巨型蚂蚁（Giant Ant）战斗，利古鲁的警备班救出并保护了他们……不过从形迹来看，他们似乎正在调查这一带。请您处置……"

哼！是某个国家派来调查这一带的吗？

我找矮人们确认过，鸠拉森林是不属于任何国家的中立地带。他们很可能是某个国家为了扩张领土而派来的调查队。

如果是这样就麻烦了。不过，不去问话只是一味烦恼也解决不了问题。

第四章
爆炎支配者

先见见他们再考虑吧。
"好,我去看看。带路吧!"
说完,我跳到了利古鲁的肩上。
岚牙出去巡视了,所以我移动起来很麻烦。
我的移动速度和常人无异,这主要是为了弥补身高问题。如果我站在地上,别人就要俯视我。对方在意这点,特地跪下来的话又会影响到工作……而且这也是为了保持威严,被对方俯视的感觉很不好。虽然会有诸多不便,但还是应该尽量避免不必要的麻烦。
所以,我移动时一般都站在别人的肩上。

我跳上利古鲁德的肩膀之后,他便走向被抓住的冒险者。
我正想着他们会是怎样的人,他们的对话传进我的耳朵(虽然我没有)。
"等等,你别和我抢啊!"
"你是不是太过分了?我在长身体,正需要那些肉啊!"
"老大,这人在和食物有关的事情上是不会让步的!"
"啊呜啊呜。"
听上去很热闹啊。
"……"
面对我无言的提问,利古鲁德说了句:"对……对不起。"
"据说他们的食物被那些蚂蚁夺走了……已经有段时间没吃东西了,所以我就准备了吃的……"
嗯。利古鲁德这家伙心肠还挺软的。
"没事,这有什么关系?真亏你能注意到呢。帮助有困难的人可是好事。"

关于我变成史莱姆这档事 1
Regarding Reincarnated to Slime

对，我表扬了他。渐渐地，他不寻求我的意见也能管理好所有人。我认为这是好事。

"哈哈！我今后也会努力不麻烦利姆鲁大人的！"

不过，他还是那么死板。

我正感慨着，我们到了简易帐篷。入口处的守卫给我们开了门。

进去后所有人的视线都集中到我身上。

冒险者们嘴里塞满了蔬菜和肉，脸颊都鼓起来了。

他们睁大眼睛看着我。他们似乎不知道自己的样子有多奇怪。

嗯？我好像在哪儿见过……啊，是在洞窟里从我身边过去的那三个冒险者。

只有一个是生面孔。

那人戴着面具，也不知道那人要怎么吃东西。

啊呜啊呜……

那人不戴不顾，依然在吃。

不过，那可是烤肉啊。咕，如果我有味觉的话……令人怀念的小肉肉。啊，我的味觉到底跑哪儿去了……

啊，我的注意力转移到奇怪的地方去了。集中精神！

利古鲁德走向主位，把我放了下来。

"客人们，招待不周，请多担待。这位是我们的主人——利姆鲁大人！"

介绍完，利古鲁德在我身边坐了下来。

咕噜——我听到了吞咽食物的声音。

接着。

"啊？史莱姆？"

"啊呜啊呜。"

第四章
爆炎支配者

他们同时惊呼道。

不过有个人的反应很奇怪——先不管了。

"初次见面。我是史莱姆利姆鲁。我可不是坏史莱姆哟！"

噗！听到我的问候，戴面具的人喷出了饮料。

不过，在面具的阻挡下，口中的食物没有四处飞散。也不知道现在那副面具下是什么情况。

真是失礼的家伙。

看得出听到史莱姆说话，那人非常吃惊。

那三人也非常吃惊，所幸他们嘴里没有东西。

那这些到底是什么人呢？如果是正经人就好了。

我重整心情。

"不好意思，失礼了。我没想到自己会得到魔族的帮助，幸好有你们的帮助。"

"啊！我们是人类冒险者。这个肉实在是太美味了！我们这三天一直在逃命，都没正经吃过东西……真的非常感谢！"

"谢谢，幸好有你们的帮助。真没想到大型哥布林会在这种地方建设村庄。"

"啊呜啊呜，咕噜。啊呜啊呜。"

算了，没什么好急的。

"你们慢慢吃吧，等吃完再聊。"

说完之后，我就坐在位子上等他们吃完。早知这样还不如等那些人吃完之后再叫我。不过，看样子利古鲁德现在考虑问题还没那么周到。

他之所以这样也是因为有些慌张吧，今后要教教他这方面的事。

我也想不到会有人类访客（俘虏？），这也情有可原。

233

第四章
爆炎支配者

我怕他们吃东西时会尴尬，所以离开了帐篷。我让守卫等他们吃完后带他们去我在洞窟附近的专用帐篷。

利古鲁德显得很过意不去。于是，我安慰道："你别在意。以后注意就好。"

他们也在以自己的步伐成长。

毕竟不可能一开始就能把一切都做好。

我进入帐篷悠闲地等着他们。

利古鲁德让手下准备了茶。这茶看上去比之前的要好，不过很遗憾，我尝不出味道。

没想到进化还会有这方面的影响，真是有趣。

毫无疑问，这是文明生活的种子。这种变化让我确信。

*

时间渐渐流逝……

"刚才失礼了！"那四人边说边走进了帐篷。

这帐篷比较简陋，显得有些狭小。

领路的哥布林退了下去，与此同时，其他哥布林端着茶进来。

你看，不知不觉间他们就能做到这样了，果然有所成长。

我很清楚，他们晚上会和矮人们边喝酒边谈论文化和生活。

"那我重新介绍一下。初次见面，我是这里的主人利姆鲁。你们来这里干什么？"

我的问题应该在他们的预料之中吧。

我留了充分的时间供他们商量，他们应该已经想好要怎么回答了。

"初次见面，我是卡巴鲁，算是这支队伍的队长。这家伙是爱莲，这位是基德。我们是 B 级冒险者。不知道你听得懂吗？"

"初次见面，我是爱莲！"

"你好，我叫基德。今后多关照！"

这三人果然是一支队伍的。

B 级虽然还算强，但要去那座洞窟有点勉强吧？也许他们拥有隐匿的特技或者才能。

这三人应该没什么问题，那另一个呢？我在洞窟的时候应该没见过这人。

"另外，这位是中途提出加入的临时成员，名叫静。"

"我叫静。"

这是一个听不出性别与年龄的声音。不过，我要判断性别很简单。我连哥布林的性别都分得出来，面对人类更是轻而易举。

她是女性，而且我有个推测：这家伙……该不会是日本人吧？我有种强烈的感觉。

看她那喝茶的举止，那跪坐的姿势。

我不是很了解这个世界，所以无法断言，但是跪坐应该很少见吧？

现在另外三个人都不是跪坐，他们都盘腿坐在狼皮地毯上。名叫爱莲的女性也侧着身子很随意地坐着。但就算这世界的某处有与日本相似的文化也不足为奇。所以，我就先把这个想法留在心里。

我突然想到一个问题，这些家伙是不是太大意了。难道这世界的人没什么危机意识？

对我们来说，在这里无拘无束地谈笑是理所当然的事，可是对他们来说，这里是魔物的巢穴。包括我在内，这地方有只魔物……

算了，这样也好。这些家伙只是有点脱线——这个可能性好像

第四章
爆炎支配者

很高。

不对不对，先回归正题。

"你好。那么……"

我们开始攀谈。

……

听到我的问题，他们就喋喋不休地开始说了，似乎没有任何疑心。

据他们说，他们受到公会会长的委托，来这一带调查是否有可疑的事。

途中发生了一点小插曲。

"说什么可疑的东西，可我们也不知道什么算可疑啊！"

"是啊是啊！我真希望他能告诉我们要具体调查什么！"

"就算我们擅长调查，也得有个限度吧。"

最终他们开始谩骂公会会长了。

不行啊，这些家伙……

我对那个素未谋面的公会会长产生了同情。

而且这些家伙看到一块奇怪的大石头上开着个洞，以为这就是他们要找的东西，于是把剑刺了进去……结果那是巨型蚂蚁的巢穴。我惊得说不出话来。

他们能够活到现在真是万幸。

接下来三天，他们一直拼命逃跑，最终丢失了行李，落到现在这个地步。

"总之，你们辛苦了！"除此之外，我想不出其他话了。

"说起来，这附近能有什么可疑的东西？硬要说的话，应该是洞窟？"

听到我的问题，爱莲连忙摇头。

"那里什么都没有。你知道吗？都说那里面封印着邪龙。可是我们调查了整整两周，里面什么都没有！我连澡都泡不了，感觉白忙活了……"

"笨蛋！不管怎么样，这话也不能随便说吧？"

"已经被人知道了。这可是小姐说的啊！和我可没关系啊！"

听到爱莲说漏了嘴，那两个男人非常慌张。

不过我曾从他们身边溜过，当时已经对他们有所了解。

话说回来，这里也有泡澡的文化啊。我一定要在这座小镇上盖一座澡堂。

这事先放到一边，我们继续聊。

"你刚才说去那座洞窟进行过调查，你们为什么要去那里调查呢？"

他们应该不是来寻宝的。

听到我的问题，卡巴鲁无奈地摇摇头。

"没办法，反正都已经说了。其实，爱莲刚才说过，到处都在传邪龙消失了……"

原来如此。

虽然我无从得知，但维鲁德拉的消失似乎在人类世界引起了轩然大波。

这头被封印的邪龙仅仅是消失都能引起轩然大波。看来他是只很了不得的龙啊。虽然在我看来他是个爱聊天、脾气好的家伙……

不过这影响也太大了吧，竟然还有人特地派人过来调查。

难道我打算在洞窟附近修建小镇是个错误？

"而且据说洞里的魔素浓度很高，所以我们还带了反应石

第四章
爆炎支配者

去……结果魔素浓度比我们预想的要低。现在那座洞窟的魔素浓度虽然比普通洞窟要高，但也高不到哪儿去。一定要说的话，魔素浓度略低倒也算是个异常，这是我们调查的唯一收获。"

"但是里面有很多强大的魔物，去那里的确会有危险。然而一丁点的宝藏和矿石都没有，就算冒险进洞窟与魔物战斗也得不到好处！"

"也许里面会有盗贼的掉落的装备，但似乎也是没有价值的东西。"

啊，洞里的矿石……把显眼的矿石全部拿走的犯人就是我！

魔素浓度低的原因好像是我把魔素的源头维鲁德拉吞进肚子……换句话说，这一切好像都是我造成的。

不过没关系……只要我不说应该就不会暴露。

接着，我们继续攀谈。

他们为我提供了许多情报，简直是抱着"反正都说漏嘴了，再隐瞒也没有意义"的心态。

真是意外，这些家伙的脾气也很好啊。

既然洞窟的价值大减，那来这里调查的人应该也会减少。

最坏的情况下要考虑迁走小镇，不过应该没事吧。这里本来也不属于任何国家，谁都没资格说三道四。

虽然我们已经在建设小镇了，但还是问一下公会方面是否有问题。

"不，应该没问题吧？"

"这样啊……公会不插手这事。国家层面怎么样呢？"

"唔——这个我不懂。"

确实，公会成员应该不清楚国家是否会有所行动。

即便国家要出手，应该也要师出有名吧。

戴面具的女性（静）之前一直安安静静地听我们说话，我在考虑这问题的时候，她出现了异变。她突然失去意识，当场倒下。

我们慌慌张张地正要过去照看她——

"唔……唔啊啊啊啊啊——"

突然就开始了……

*

在静停止呻吟的同时，寂静降临了。

面具上出现裂纹，妖气从裂纹中溢出，任谁都看得出来这事非比寻常。

静缓缓站起来开始咏唱。

"召唤魔法？"爱莲惊叫道。

"喂喂，不是吧！突然怎么回事？这是什么等级的召唤？"

"这个，从魔法阵的规模看，估计是'B^+'以上的魔物。"

"队长，别闲聊了，必须制止这人！"

不愧是熟练的冒险者，他们瞬间停止闲聊分散开去。

"大地啊！将她束缚吧！'泥手（Mud Hand）'。"

"唔哦哦哦哦——'猛力冲撞（Knock Down）'。"

爱莲拖住静的双脚，卡巴鲁同时使出撞击技能。基德在一旁戒备，没有立即行动，看来他负责处理意外情况。

嗯。他们的行动目的明确，毫不拖沓，虽然是 B 级，但配合得

第四章 爆炎支配者

很好。

然而,静伸出食指轻轻往上一划,便引发了一个以她为中心的小规模爆炸。我的帐篷被炸得粉碎。

帐篷无所谓,关键是那三人有没有受伤?

爆炸掀起了小规模的冲击波,但对我没有影响。我观察那三人的情况。

卡巴鲁确认静被"泥手"拖住后对她使出"猛力冲撞",但这时静刚好引发爆炸,他直接被炸飞了。

在一旁戒备的基德察觉到危险,把爱莲撞到一旁,所以这两人都没受伤。

"喂,你们没事吧?"

"我没事。"

"啊,我好痛!之后必须找会长要风险津贴!"

那两人说道。

"喂,好痛……你们——好歹担心一下队长啊。"

卡巴鲁边诉说不满,边站起身。他真是个顽强的男人。

"静会用魔法,我倒是不意外,但没想到连召唤也会……"

"话说静在召唤什么?"

"不,这不是重点。我从没听说过有人能在召唤的同时不用咏唱就能发动魔……"

基德说到一半停止了动作。他盯着静,像是看到了难以置信的东西。

"呃……难道是……爆炎支配者?"

他似乎想到了什么。

静继续咏唱。她全身发着红光,身体轻盈地飘起来。

那张面具十分醒目，她的黑发钻出长袍飘浮在空中。

她有什么目的？为什么突然变得这么奇怪……

"利古鲁德，让所有人去避难！不要靠近这里！"

"可是……"

"这是命令！安排好避难后让岚牙来这里！"

"是！遵命！"

利古鲁德迅速开始行动。不过，这样一来哥布林们就看不到我活跃的身姿，但我可不想让他们白白牺牲。

我叫岚牙来不是为了和静战斗。

理由很简单。因为我考虑到这事可能是这些冒险者为了刺探我们虚实而自导自演的一出戏。

如果他们一开始就想把我们杀光的话，那他们把事情和盘托出的行为也就可以理解了。

虽然也有可能只是单纯说漏嘴……

如果这是他们演的戏，那他们就有可能会等我在战斗中落入下风时，从背后进行偷袭。我叫岚牙来就是为了防备这状况。

也许是我想太多了，但是有备无患。

"喂，基德，那个爆炎什么的是什么？"

基德还没来得及回答。

"就是那个大概五十年前非常活跃的英雄吧？"爱莲问道。

她很有名吗？我正疑惑时，面具从静的脸上脱落了。

喷涌而出的火焰。

空中出现了三只火焰蜥蜴（火之魔精）。

蜥蜴下方是露出真面目的静。

第四章 爆炎支配者

她黑色的长发在冲击波中飘摇四散,美丽的面容在火光中闪耀。

她是一位美丽冷傲的女性。然而,她眼中却带着邪恶的光芒,嘴角因杀戮的愉悦而扭曲。

我感觉在那副外表下有种无法言喻的不自然的东西,这时——

"发动专属技能'异变者'。"

世界通知的声音在四周回荡。

与此同时,少女美丽的身姿发生了异变,炎之巨人的形态渐渐显现。

"这肯定错不了……那就是爆炎支配者……驱使伊芙利特的最强的魔精使役者!!"

炎之巨人(伊芙利特)是能将万物化为灰烬的炎之支配者,在火系魔精中是王之下的最高阶魔精。

"啊!伊芙利特不是超越 A 级的高阶魔精吗?!"

"呜哇……我第一次见到……话说,我们无论如何也赢不了那种东西吧?"

"不可能的……我们要死在这里了……真是短暂的人生啊——"

继三个火之魔精之后,伊芙利特即将降临。

也难怪这三人会如此混乱。毕竟一只火之魔精就拥有相当于"B^+"级的实力。

不过为什么会这样?在我眼里,静不像操纵者,这景象看起来更像是伊芙利特在操纵静。

冲击。

静,不,是伊芙利特放出了魔力冲击。

为什么？没有杀意，只是单纯地放出暴力冲动，这是……攻击？

这不是人为的攻击，像是机械化的自动攻击。这应该错不了。这不是名为静的女性的本意，是被她使役的伊芙利特失控了。

现在可不是考虑对错的时候。关键是这种攻击的凶恶破坏力。

微红的冲击波向四面八方袭去。冲击波伴着热量将还未完工的建筑物化为灰烬。

可恶！我们好不容易才开始建的房子！

三名冒险者展开魔法屏障（Magic Barrier）进行防御，但一击就被击飞了。

他们应该没死，但也不可能没事。他们的意识仍然清醒，但是不能行动。因为现在一旦有所动作就会被伊芙利特视为攻击对象。

"喂，你们待在那里别动！否则会成为攻击目标了。"

听到我的喊叫，三人点点头，摆出专心防御的姿态。他们在原地展开了魔法屏障和斗气护盾（Aura Shield）。

那可不是自导自演的戏。他们是认真的。也就是说，他们不是有意来搞事的。

不过，这威力真大啊。

伊芙利特没有蓄力，她直接放出魔力形成的热风席卷了方圆三十米。

如果我不参战的话，这家伙会毁灭一切。伊芙利特加上三只火之魔精——真是麻烦。

不过有件不可思议的事。

面对这状况，我没有恐惧感。这是我变为魔物的影响吗？我一开始见到维鲁德拉和黑蛇时很害怕，也许那段经历很有意义。

"喂！你的目的是什么？"

第四章
爆炎支配者

"……"

砰!

我的身后发生了爆炸。看来无法和伊芙利特沟通。伊芙利特完全无视了我的问题,单方面发动攻击。

和刚才漫无目的地释放魔力不同,这次攻击目的明确,要杀死我。她向我发出炽热的射线,其中的热量足以蒸发接触到的一切。

射线的威力绝非之前的魔力释放所能比拟。不过只要不被打中就没有问题。我已经从上方避开了射线。我的认知速度连音速都能捕捉。

幸好小镇没建好——在战斗中,我还有闲心想这事。

虽然简易帐篷和临时住宅被烧毁了,但这损失不大。

这里的树木被我们砍倒了,现在成了一个空地。如果在森林里的话,现在已经出现大火灾了,那可不是闹着玩的。这样想来,真是不幸中的万幸。

我们搬来的各类资材可能会被烧掉,但这似乎不可避免。

不过你别得意!她完全没把我们当回事,我们在她眼里只是障碍物而已。这态度让我非常恼火。

我将伊芙利特视作敌人,决定进行反击。静似乎是她的寄宿体,虽然我很在意静,但不反击就解决不了问题。现在压制伊芙利特最优先,确认静的状态其次。

而且现在还不能确定静是否在操纵伊芙利特。

我朝伊芙利特的腹部放出"水刃"。

我的"水刃"在即将碰到炎巨人时蒸发了。火焰旋涡包裹着巨人,保护着她。

嗯。看来"水刃"无法奏效。

现在可不是慢悠悠地思考的时候。火之魔精对我的攻击产生了反应，同时出击了。

"水冰大魔枪（Icicle Lance）！"

爱莲将冰魔法刺向其中一只火之魔精。爱莲在魔法屏障中咏唱完毕后又躲到后面。

这机灵的举动让我有些佩服。看来魔法屏障是无须集中精力控制的常驻型的魔法。不过一发水冰大魔枪无法置火之魔精于死地。有一只朝那三人攻过去了。

"喂，你们没事吗？"

"交给我们吧！我们可是冒险者，这种危险是家常便饭！"

"喂喂，饶了我吧……队长可是我啊。但事到如今也没其他办法了。这一只就交给我们！"

"盗贼没办法和魔精战斗，不过我们是一根绳上的蚂蚱！"

也不知道他们到底靠不靠得住。

既然这么说了就交给他们吧。但如果他们死了我会愧疚的。

"那就交给你们了。不过你们别勉强！如果等下你们受伤的话，就用这个——"

我省略了说明，取出几个回复药丢给那三人。基德迅速接住了回复药。

"我说……利姆鲁……先生……这是……"

"这是回复药。药效果很好，如果你们受伤就用这个！"

现在可没工夫慢悠悠地解释，我一说完就迅速开始移动。

那三人开始专心和火之魔精战斗，现在也没空听我慢慢说。虽然对手只有一个，但他们似乎很吃力，祈祷他们能成功吧。

第四章
爆炎支配者

我开始移动后,另外两只火之魔精也追着我过来了,连伊芙利特也不慌不忙地开始行动了。

那我现在怎么办?

我正想着,岚牙这时终于到了。我本来计划让他防备那三人,但现在应该不需要了。现在先让岚牙为我代步。

"您叫我吗,主人?"

我趁机跳到岚牙身上。这样一来,移动速度就有保证了。虽然火之魔精的动作也很快,但比不上岚牙。

接着,我对岚牙命令道:"你专心躲避,不要进行任何攻击。攻击由我来!"

"明白了。"

简直是心灵相通。岚牙理解了我的意图,迅速进行移动。

两只火之魔精对我喷出直线型火焰吐息(Flame Breath),如弱化版火焰放射一般。岚牙轻松避开,退到了火焰的范围之外。

火焰的威力还算高,我可不想尝试。估计只要一发,人类就会化为焦炭。

也许应该在伊芙利特面前解决两只火之魔精比较好。想到这里,我朝两只火之魔精射出了"水刃"。他们的火焰威力比不上伊芙利特,应该不足以蒸发"水刃"。我成功斩断了火之魔精的一只脚。

不过,火之魔精像在嘲笑我一般,马上又长出了一只脚。

看来火焰魔精和他的外表一样,连脚都是由火焰组成的。只用斩击似乎没有意义。虽然能力不如黑蛇,火之魔精似乎有特殊能力,很难打倒。

"主人,物理攻击对魔精种无效。要用弱点属性的攻击或者魔法才有效。"岚牙对我说道。

原来普通攻击对魔精无效啊。

我的攻击之所以无效是因为"水刃"也不过是水做的刀刃而已。

那如果向他们泼大量水会怎样呢？我的"胃"里有从地下湖吸入的大量水。用这些水应该能削弱火之魔精吧？

"说明。可以放出大量水。和火之魔精接触后发生水蒸气爆炸，是否实行？ YES/NO"

哈？水蒸气……爆炸？那是什么？

"说明。火之魔精是热能量块，液态水碰到火之魔精后会急剧汽化。产生的水蒸气会形成蒸气膜包裹火之魔精，高温、高压会产生压力波，从而引发连环爆炸。"

什么意思？那可以打倒火之魔精吗？

"说明。压力×体积＝放出的水量×气体常熟……"

停——拜托你说得简洁一点，让我能听懂。

"说明。产生的大爆炸会把火之魔精炸得灰飞烟灭。但是，这一带也会被夷为平地。"

白痴吗？这不就没意义了！我可不想自杀。

不过，该怎么做好？我用"水刃"进行斩击也没效果……我正

第四章
爆炎支配者

烦恼时——

"水冰大魔枪！"

那三人以使用魔法的爱莲为中心与火之魔精奋战的身姿映入我的眼帘。

等等，因为我的"水刃"不是魔法，所以才没效果，那用魔法不就行了——

"爱莲，对我射一发水冰大魔枪！"

"啊？！那个，你确定吗……"

"拜托了！"

听到我的请求，爱莲疑惑地开始咏唱，她发动了冰冻魔法——水冰大魔枪。

"事后你可别怪我哟！水冰大魔枪！"

她叫着向我射出一根冰枪。

如果我的想法没错，那应该能用专属技能"捕食者"吸收她放出的魔法。

这样一来——

"提示。发动专属技能'捕食者'。已成功捕食并解析水冰大魔枪。"

好！一切顺利。

不过我在听到说明的时候仍半信半疑，"捕食者"这个技能简直强到犯规。那似乎是个很强大的魔法，可是这个技能竟然能让我毫发无损地吸收这个魔法，而且还能学会这个魔法。

"呜哇？！我的魔法到底怎么了？"

第四章
爆炎支配者

"抱歉,现在没空解释。"

魔法的解析在一瞬间就完成了,我现在应该可以单凭意念发动魔法。

我不用咏唱就能发动魔法。这是我另一项专属技能"大贤者"中的舍弃咏唱的效果。

"水冰大魔枪!"

我略过咏唱过程,直接对火之魔精发动魔法。与此同时,我理解了魔法的原理和结构。

我的"水刃"没法对火之魔精造成伤害,但爱莲的魔法则不同。

理由其实很简单。魔法的发动不是引发某种现象,魔法更接近于把想象化为现实。

也就是说,这个魔法也可以说是射出拥有"夺取对方热量"效果的能量,而出现带有能量的冰柱算是这魔法的附属效果。大概是这种感觉。

主体不是冰柱,而是其中的能量。所以,魔法也能对由热量与火焰组成的火之魔精造成伤害。

而我现在放出的数根冰柱(尺寸比原先的枪更大)贯穿两个火之魔精。就这样,两个火之魔精的魔力耗尽,化为蒸气消失了。

"好!我这边结束了,现在把那家伙也——"

由于让爱莲消耗了额外的魔法,所以,我也想帮帮她们——不过好像太迟了。

"糟糕,这家伙要自爆——"

负责防御的卡巴鲁边叫边发动斗气护盾(Aura Shield)。但是,火之魔精自爆攻击的威力足以打破那道防御。

结果,三人暴露在高温火焰中飞了出去。

我赶紧让岚牙奔向三人下方。

这三人的烧伤比我想得更严重。虽然他们还有意识，但伤得非常重，已经无法行动了。伤得最重的是负责防御的卡巴鲁。如果没有卡巴鲁的保护，防御能力较弱的爱莲和基德可能会丧命。

"可恶，岚牙，你保护这三人，把他们带到安全的地方去！"

"可是——"

岚牙本想反对，但他察觉到我的妖气后便沉默了。

也许是出于野生魔物的本能吧，他知道现在不能有异议。

"这是命令！快去。我给了他们回复药，在确保安全的情况下为他们治疗。"

"遵命——祝您武运昌隆！"

"放心吧。伊芙利特由我来打倒！"

岚牙点点头，似乎听懂了我的话。他叼着那三人离开了，看我的眼神中似乎带着尊敬。

他好像产生了某种误会，不过也没关系。

剩下的只有伊芙利特了。这样一来，我就能毫无顾虑地战斗了。现在绝对不会伤及无辜了。

我要尽快结束这出闹剧。我盯着伊芙利特想道。

呼啸的火焰。

伊芙利特在我眼前分裂了。数名巨人封住了我的退路。

伊芙利特的能力似乎非常棘手，不过我毫不着急。

我的感知能力准确掌握热量的分布情况。

即便伊芙利特的多个分身同时进行攻击，我也能轻松根据火焰的温度判断出危险程度，并做出反应。我一下就看出那些巨人的能

第四章
爆炎支配者

力不相同。

伊芙利特最有效的攻击应该无法命中我。

不过,我的攻击对伊芙利特也没有效果。

她的火焰非常棘手。

地面化为岩浆,想必温度非常高。

我不可能无视这样的高温去接近伊芙利特。我可不想变成"烤史莱姆"。

该怎么做呢……

"麻痹吐息"和"毒雾吐息"等技能的最大有效射程为十米。也就是说,如果我想用吐息类攻击对付她的话,最少要接近到十米以内……这是不可能的。

能和伊芙利特保持安全距离,同时又有机会对她造成决定性伤害的攻击手段——水冰大魔枪。只有这一招了。

"看招,水冰大魔枪!"

伊芙利特的分身被我射出的数根冰柱命中,化为蒸气了。虽然用冰令其蒸发的说法听起来很奇怪,但高热冷却时会冒出蒸气,所以这种形容是最贴切的。我一鼓作气不断把分身化为蒸气。

可是——

我发现情况不妙!但为时已晚……等我发现时,自己已经被困住了。

大范围捕获结界?是伊芙利特的特殊能力……吗?

伊芙利特没有咏唱魔法,一瞬间就画好了魔法阵。我忘了舍弃咏唱不是我独有的特性。她令自己的身体汽化,方圆百米充满了超高温的火焰和热量。

这应该是伊芙利特的最高阶火系范围攻击,而且这范围内充盈

关于我变成史莱姆这档事1 Regarding Reincarnated to Slime

着足以把我消灭的能量——

"炎化爆狱阵(Flare Circle)"

一个难以分辨出性别和年龄的声音响了起来。

我现在无处可逃。我被敌人的计谋困住了。伊芙利特应该是有意让我攻击分身的。

这是为了骗过我,好填充能量。

我做好面对死亡的心理准备。

啊……我本来打算小心点的,看来是她技高一筹啊。而且我竟然完全按照敌人的想法行动,没有比这更糟的事了。

如果我不耍帅,让大家一起上就好了。或者也可以拟态为黑狼,利用速度占据主动权,抱着被烧伤的觉悟扑向敌人。如果我不傻傻地观察状况,直接用"黑闪电"轰她就好了。

还有其他各种各样的后悔涌上心头……

然而,虽然我有千倍的认知速度,但过了好一会儿伤害也没到来。没有疼痛地死去倒是件好事……

不过,这样太慢了吧?

奇怪……根据预测,我现在应该已经被火焰吞噬了。

嗯?

*

"……说明。已自动发动'热量变化抗性'的效果,成功令火焰攻击无效化。"

听起来"大贤者"的潜台词是"你忘记自己有'热量变化抗性'了吧!"

第四章
爆炎支配者

这种事不用一一回答啊！你这呆子！

感觉听到我的谩骂后，"大贤者"有些无语。

这一定是我的错觉吧。"大贤者"对我绝对忠诚而且没有自我意识，不可能会这样的。

哈哈哈。一定是我的错觉。肯定是这样！

接下来……

喂喂，成功令火焰无效？

什么啊？难道说——

现在是简单模式？

那岂不是一切都按照我的计划进行？

先假装中招，然再来个大逆转。这就是刚才发生的事。

那就尽快结束战斗吧。

"现在做什么呢？"

我悄悄用"粘钢丝"缠住伊芙利特。

这家伙已经完了。我已经完成了解析，伊芙利特把静当成本体的核，如果她与火之魔精一样是纯粹的魔精，我就无法用蜘蛛丝抓住她，不过有核的话就另当别论了。

我的"粘钢丝"兼具"粘丝"和"钢丝"的特性，是我平日研究的成果之一。而且这种丝还有个特点——继承了我的耐性。也就是说，这丝不会被火烧断。

将军！

虽然我轻视你，但你也太瞧不起我了。

我原谅你了，毕竟我们半斤八两。所以，恨不恨我也是你的自由。

"接下来轮到我了吧？"

伊芙利特慌慌张张地要逃走。

我早有防备。我布下的"粘钢丝"自然也不可能让你有机会逃走。

我慢慢走近伊芙利特,准备给她最后一击。

这家伙——估计是伊芙利特附在静身上控制了静。

不用着急。我走向可悲的猎物,无论她如何挣扎都无法逃脱,只能手忙脚乱地胡乱用火焰发动攻击。很遗憾,火焰对我没有作用。

接着——

"是否使用专属技能'捕食者'? YES/NO"

当然是选 YES!

周围笼罩在炫目的光芒中,伊芙利特突然消失了。

现在只剩下我和一个老婆婆。

●

这是梦?

母亲的手失去了温度。

冰冷的眼睛看着我。

温暖的笑容和苍白的灰。

我本不愿想起这只有痛苦的回忆——

可是,这是我曾走过的路。

如果没有遇到勇者,也许我的心将永远得不到救赎……

可是,我很不中用,没能成为勇者那样的人。

明明有人愿意依靠我……

是的,那是——

第四章
爆炎支配者

我曾是名冒险者，那是我引退几年后的事。

我的工作是教导新人，培养后辈，同时帮组合处理一些事。

冒险者互助组合是个不受国界限制的组织，其本部设在交通要道英格拉西亚王国。虽然我引退不再从事冒险者的工作，但我仍想为组合做一些力所能及的事。

我无亲无故，冒险者互助组合就和我的家一样。

我曾有机会得到优秀的学生。

有着纯真目光的少年，有眼中带着绝望的少女。

少年、少女是"异世界人"，说不定还是我的同乡。

这两人形成鲜明的对比。

乐观开朗的优树和总是想着世界阴暗面的内向的日向。

据说日向到这个世界时被山贼袭击了。我当时认为随着时间的流逝，她心灵的创伤会慢慢治愈。山贼残忍地杀害了很多人。好在日向没事，不过这事在她心里留下了阴影。

日向的境遇和我有些相似，所以我对她有种亲近感。

但这只是我单方面的想法。

"老师，感谢你的关照。我从你身上已经学不到任何东西了。估计我们以后不会再见面了。"

日向说完，头也不回地离开了我。

我想过跟她一起走，但我不能离开城镇。

因为优树当时提出了新的组织形态，是组合与国家建立互助关系的最佳时机。我这个前英雄是组合方面的谈判代表。考虑到组合今后的发展，无论如何都要让这次交涉成功。

最终——

"你感到迷茫的时候就来找我吧。"

说完这句话,我无奈地目送日向离开。我很犹豫,但最后选择了支持优树。

虽然日向的经历和我很像,但她的意志比我强大。所以,我选择相信她。相信她会破除心中的黑暗,成为出色的人。

几年后,我听说她在教会中担任重要职位,那时我一点也不感到意外。

我当时感到有些自豪、有些失落,还有些许的担心。

日向不会孤单吧?她活得开心吗?

虽然有这些担忧,但我当时没有抓住她,我觉得自己没脸去问她这些。

我唯一能做的就是祈祷日向平安。

和日向不同,优树很活跃。

冒险者互助组合改名为冒险者自由组合,建立现在这种体系的就是优树。优树提议的组合与国家间的互助关系也建立起来了。

组合加入了国家间的协议,获得了与评议会的谈判权。这件事让组合的势力开始飞跃性地扩张。

这是理所当然的。因为此前各国都专注于保卫本国的领土,但自由组合承包了讨伐魔物的工作,各国因此减轻了负担。

不仅如此,冒险者还多了一项报告旅途情报的义务。冒险者不受国界限制,穿行于各国之间,自由组合汇总了这些情报后,便能掌握魔物的栖息分布状况。组合利用这些情报评价各地区的危险程度,使人们可以安全地旅行。

这些情报还有其他重要作用:掌握魔物分布状况,可以提早发现异常状况;此外还能发现未经确认的魔物,或者提早处理数量过

第四章
爆炎支配者

多的魔物。

另外,如果在城镇附近发现了少见的魔物,还可以派遣调查队去查明原因。提早知道魔物出现的原因,就有可能和国家合力组织讨伐队。

优树创建了这样的组织后,人们的生活变得更加安全舒适。

这几年,人类的生活据点扩大,人口也有增长。这是不争的事实。

此外,他还引进了等级评价制度,使得人们在对抗魔物时的死亡率大幅下降。

这是最让我这个教育新人的教导官高兴的事了。托优树的福,自由组合成了国家和民众不可或缺的组织。

"我的提议不过是在模仿我玩过的游戏而已。"

优树说完爽朗地笑了。

"但是,正因为是游戏,所以一切皆有可能。比如,魔物说着'我可不是坏史莱姆哟'跑过来成为我们的同伴。"

他苦笑着开了一个玩笑。

让魔物成为同伴。谁会相信这种天方夜谭啊?

我出生的世界被战争燃烧殆尽。没人会有那份闲情逸致吧?

优树向我解释,游戏就是小孩子的玩具,它可以让人亲身体验故事内容……如果我的世界能够复兴到有余力给孩子创造如此美好的梦想,那该有多么美妙啊。

我听着优树的话,心思飞向了已回不去的故乡。

那之后,我也一直在背后支持着优树。

我没有站上舞台,每天都在教导后辈。

自由组合不断发展,成了一个不受任何人牵制的组织。

组织多了一项救助弱者的原则,所有人都被平等对待。

关于我变成史莱姆这档事1 Regarding Reincarnated to Slime

后来，我的学生优树成了自由组合总帅（Grand Master）。他统领各国的自由组合支部长（公会会长），是自由组合的最高负责人。考虑到他的功绩，这是理所当然的结果。因为人们之所以能安心生活要归功于他的努力。

该做的事都做了，我没有牵挂了。

所以那时，我决心踏上旅程去弥补我的遗憾。

曾经，我还是魔人的时候经常做那个梦。

我渐渐压制不住伊芙利特的意识，也许我时日无多了。"抗魔假面"的能力完好无损，我的推测得到了印证。

明白这点后，我知道自己应该尽快离开城镇。因为我不知道伊芙利特什么时候会失控，我也不知道自己的死会对伊芙利特造成什么影响。

而且我想向魔王报一箭之仇，至少要向他抱怨一句。

所以，我决意启程。

我把这事告诉了优树，他很理解，什么也没说。

这是我最后的任性，不要阻拦。我当时想过，说不定勇者那时也怀着这种心情。

我的目的地是布鲁姆特王国。

据说海兹已经引退，他的儿子菲茨当上了布鲁姆特自由组合支部长（公会会长）。

我去拜访，顺便闲聊了一会儿。我听说了不少事，我很庆幸。

没想到维鲁德拉竟然消失了，所以公会正在加紧调查。

"不过我已经引退了，所以不清楚详细情况，也不知道我儿子在为什么事烦恼。"海兹苦笑着说道。

第四章
爆炎支配者

他看上去似乎不怎么关心儿子,估计他对儿子有足够的信心吧。

我和他的儿子曾经多次共同参加魔物讨伐战。我记得他为我提供了有力的支持。现在他从冒险者的一线退下,和父亲一样当上了管理者,想必他很有能力吧。

"谢谢,打扰了。"

生怕会打扰到海兹,我说完站起身。

维鲁德拉的消失是某种天启吗?不管怎样,我都有必要穿越森林。

"嗯,静也要保重啊。还有,听说调查队明天出发。你要穿越森林的话,可以和他们同行一段。"海兹低声嘟囔道,他把头扭向一边似乎毫无兴趣。

海兹没有阻止我。他不善于表达,但也尽己所能地关心我。

"你还是老样子啊,海兹。我到最后还要给你添麻烦。"

"这算什么麻烦,而且也别说什么最后。你要再来看我啊,静!"

他这话让我心中十分温暖。

"也是啊。那我走了。"

我深深地鞠了一躬,离开了。

翌日,我顺利找到了海兹说的调查队。

有三名冒险者。和听说的一样,这是支气氛活跃的队伍。

我很庆幸能在最后的旅途中遇到这么好的同伴。不过,让我头疼的是他们太不小心了。

我们穿越鸠拉大森林时遇到了很多麻烦。

我不禁感慨,真亏他们能成为B级冒险者。单看战斗技术的话,他们倒是有这份实力,但在常识性问题上,他们太胡来了。

尽管如此，我们的旅途也能继续。但在他们把剑插入巨型蚂蚁的巢穴时，我惊呆了。我连发出警告的机会都没有。

真想不到他们竟然会做出那样的举动。

我的火焰应该能轻松把巨型蚂蚁化为灰烬。但是，我知道自己体力衰弱，现在连控制力量都很困难。

伊芙利特的力量令我的外表比实际年龄更年轻，但随着我的控制力减弱，我的身体也开始老化了。不，准确地说是变回了与我年龄相符的身体。

我死亡时，伊芙利特会重获自由吗？

或者是和我一起衰亡？

这种事要到那个时候才会知道。所以，我才会踏上旅途。

所以，我在犹豫要不要使用火焰。

我们很幸运，路过的家伙帮助了我们。可是，我从未像现在这样对魔物感到困惑。毕竟这是我第一次得到魔物的帮助……

那些魔物是骑着魔狼的人鬼族（大型哥布林）。

他们不但能理解简短的人类语言，更让我意外的是他们明显是高阶魔物的手下。

毫无疑问，这就是那三人要调查的怪事。

我的目的地是魔王莱昂居住的城堡。穿过这片鸠拉大森林后就是魔王统治的领域，所以我本来应该在这里和他们分开。

可是，不知道为什么，我想跟着这三人去看看魔物的住所。

那是个不可思议的地方。

魔物救了我们，把我们带到这座小镇。

是的，这些魔物的住所可不是巢穴那么简单。这地方怎么看都是一座小镇。

第四章
爆炎支配者

　　我非常震惊，这超出了我的理解范围。毕竟这毫无疑问是他们从零开始建造的小镇，而非通过洞窟改造而成。
　　准确地说，这是正在建设的小镇。他们规划好区域，把资材堆放在计划进行建造的区域。
　　魔物们的生活据点立着一排排帐篷，只有一座建筑物，而且也是临时性建筑。魔物们竟然会离开地下，在地面建造都市，这种事古今中外闻所未闻。
　　真是奇特的小镇！
　　可是，这里很有活力。他们虽然是魔物，但工作时似乎很快乐。
　　大半魔物是人鬼族（大型哥布林），不过他们好像和黑牙狼一起生活。那些黑牙狼似乎有些不对劲，也许是我的错觉吧。
　　人鬼族（大型哥布林）的主人说话很流利，他好像有智慧。因为他知道为我们准备食物。
　　不过更令我吃惊的是他不是主人。
　　有个史莱姆看上去像国王一样傲慢，似乎是个大人物。虽然用"傲慢"这个词来形容史莱姆很别扭，但没有别的词可以用来形容他的态度。
　　他是这座小镇中最奇怪的事。这只史莱姆才是魔物们的主人。

　　有趣。
　　那只史莱姆的话令我喷饭。
　　他明明是只魔物，却说自己不是坏史莱姆！
　　那时，我想起了优树说过的关于游戏的事。
　　这是偶然吗？我的心中突然出现了一个疑问。
　　不知为何，我不由得放下心来，觉得气氛十分平和。

关于我变成史莱姆这档事1 Regarding Reincarnated to Slime

这只不可思议的史莱姆让我想起了怀念的故乡。

我品味着心中满溢的回忆。幸好我绕道来了这里。

这是命运的相遇——我是这么想的。

然而——

快乐的时刻突然宣告结束。

我的生命即将燃尽。

我还……我——还没达到自己的目的……

我感觉到伊芙利特看准我生命即将终结的瞬间,占据了我的意识。

还不行……不能在这里……

至少,最后让我……

魔人显现了,如在嘲笑我一般。

我的意识转换了。

●

我看着她。

估计她的时间所剩无几。

也许连意识都不会恢复。

即便如此,我也想照看她到最后一刻,因为我们是同乡。

受伤的三名冒险者恢复得很好。虽然他们叫唤着"这么重的伤,光有风险津贴可不够"。

"这是怎么回事?完全没留下烧伤的疤痕……而且皮肤还变得滑溜溜的。"

"好厉害……那么重的伤,我还以为我们要躺一周……"

第四章
爆炎支配者

"太让人意外了。这家伙的回复药可不得了啊。"

看来他们的伤已经没问题了。我的回复药让他们痊愈如初。

"不过,这样一来……是不是反而拿不到风险津贴了?"

"是啊。没人会相信我们曾受过那么重的伤……"

"是啊……不过,这总比带着伤好吧!"

他们已经开始为钱的事吵嘴了,真是一群没有紧张感的家伙。

但他们似乎不会歧视魔物,所以我告诉他们,等事情结束后,我想去城镇里玩玩。

"那要我转告公会会长吗?"他们这样说道。

听到这话,我开心地让他们帮我传话。

我很憧憬冒险者。不过,我很不想被人盘问身份,这太麻烦了。而且魔物去咨询自己能不能注册成为冒险者的话就太奇怪了。

卡巴鲁和我约好他会帮我安排,到时候只要我报上利姆鲁的名字,就会有人带我去见公会会长。他果然是个好人。

我心情很好,决定送他们饯别礼。

礼物出自我拉拢来的矮人三兄弟之手,是刚造好的装备。这些是用我自己提供的素材制作的试制品,不过性能还不错。

粘钢丝衣(Spider Robe):用蜘蛛丝编织而成的纯白长袍。

甲壳鳞铠(Scale Mail):使用蜥蜴甲壳打造的重型铠甲,防御性能出众,看似笨重但其实很轻。

硬革铠(Hard Leather Armour):使用附近的魔物毛皮加工而成,具有抗魔法性。

我准备了这些装备和十个回复药还有食物送给他们。

"啊!这长袍是怎么回事!又轻又结实!而且非常漂亮!"

"哦!我朝思暮想的甲壳鳞铠!这不是葛……伽卢姆大师的作

品吗？我要把它当成传家宝！"

"我真的可以收下吗？我配不上这样的作品……这皮甲还用到了牙狼的毛皮？"

他们是不是太激动了？

他们之前叫唤着装备被火烧坏了，那点报酬都不够买新装备。虽然这不是我造成的，但我有点同情他们。

我给他们的是批量生产前的试制品，不过性能还不错，他们应该没什么可抱怨的。毕竟他们那么开心，应该没问题。

既然他们这么开心，应该不会忘记帮我带话吧。这三人到最后都亲切地叫我老爷。

这三人一直都很关心静，但他们逗留了三天之后就启程了。

他们还要回去报告，不能在这里久留。静只是顺道和他们一起走罢了，本来到这一带之后就要分开，但他们却这么关心静，真是些好人啊。

我和他们约好我会尽到照顾静的责任之后，他们才放心地离开。

*

一周之后……

静醒了。

"这里是——对了……给你添麻烦了。"

看来她的意识很清醒。

即便变为魔人，她的记忆也很清晰。

"我做了一个梦……令人怀念的梦。我梦到了已经回不去的……我曾居住的小镇。"

是日本吗？

第四章
爆炎支配者

"啊,史莱姆。你的名字叫什么?"

我应该告诉过她我叫利姆鲁……她忘了吗?

"我叫利姆鲁。"

听到我的话,静闭上了眼睛,似乎在考虑什么事。

"可以把你的真名告诉我吗?"静再次问道。

她注意到了吗?我犹豫了一瞬间。

"哼,反正你也活不长了。告诉你吧,我叫三上悟。"

这是我的真名。我本以为自己不会再这样介绍自己了。

"你果然是我的同乡……我之前就在想了。这种感觉……啊……"

沉默。接着……

"我也问过我的学生。城镇现在变漂亮了吗?那座曾陷入火海的城镇……"

"嗯,我给你看看吧。"

说完,我用"思维传递"把自己的记忆传递给她。

这时候,这技能真的很方便。

"啊……"静流下了眼泪,"我说,史莱姆……不,悟先生。我有一个请求,你能听一听吗?"

"什么事?"

估计不是什么正经事吧。

不过,我已经答应别人要照顾你到最后一刻了。我就听听你的请求吧。

"请你吃了我……"

什么?这位婆婆在说什么?

"你可以吃掉……我身上的诅咒吧?我很开心……但我想对诅

关于我变成史莱姆这档事 1
Regarding Reincarnated to Slime

咒我的家伙发发牢骚，但现在已经不可能了……这是我最后的请求。能让我在你的身体里长眠吗？"

她静静地说着。

她的眼中满是不甘——我的心动摇了。这不合常理的、残酷的……

"我——很讨厌这个世界，但我不恨这个世界。就像我对那个男人一样……说不定，在我眼中，那个男人就是这个世界……所以，我不想……化为这世界的一部分。拜托了，请你务必把我吃掉……"

哼！这算什么请求？对我来说轻而易举。

这请求会成为束缚我的诅咒。我要继承她的怨恨。

我没有犹豫吗？

既然能让她安心地离世——那答案不言自明。

"好。你的怨恨由我来继承。让你如此痛苦的男人名叫什么？"

听到我的话，静睁开双眼，她残留着烧伤疤痕的脸抽搐着流下眼泪。

"莱昂·克罗姆威尔，他是最强的魔王之一。"静祈求般地看着我。

"我答应你！以三上悟……不，是利姆鲁·特恩佩斯特之名！我要让莱昂·克罗姆威尔清清楚楚地了解你的感受，让他后悔。"

"谢谢！"她低声说道。

接着，静闭上双眼，屏住呼吸，仿佛在安睡——

"是否使用专属技能'捕食者'？ YES/NO"

在我身体里安睡吧！

我默念着YES！

第四章
爆炎支配者

我祈祷她能安息……
希望她在我身体里能做一个幸福的梦，永远不要醒来。

●

咚咚咚……
她抬起头——
稚嫩、可爱的脸庞。
接着，她舒了一口气，露出了微笑。
（原来你在这里啊！别再丢下我了！）
但那个人影回过头，伸出食指。
少女的脸上露出悲伤，转向那人所指的方向……
那里是——
（妈妈！）
少女洋溢着喜悦跑向她的母亲。
那个人影看到这一幕后便消失了，仿佛从未存在过。
或者，那人影是由少女的意识产生的幻影。

就这样，少女和母亲重逢了。
现在，少女漫长的旅途终于结束了。

终章
继承的身姿

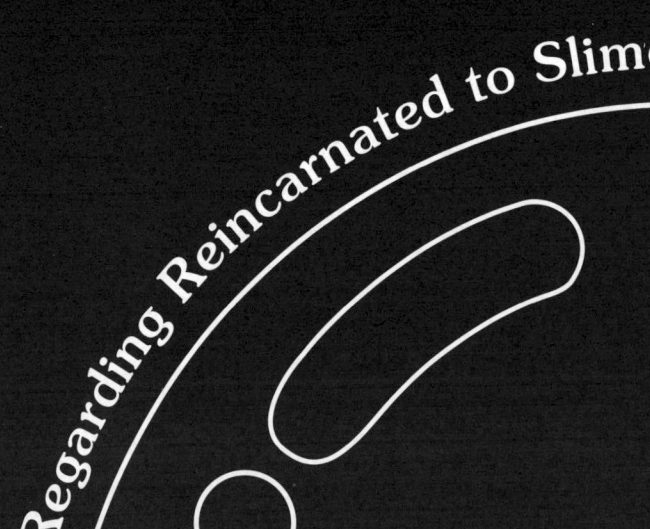

终章
继承的身姿

静去世了。

她给了我一个目标。

我此前唯一考虑的就是避开一切可能的危险,今后必须要搜集关于"魔王"的情报。我当时没多想就揽下了这件事,约定必须履行。

因为我是个言出必行的男人。

她还给我留下了新的能力。

专属技能"异变者"和高阶技能"操纵火焰"。

我吃掉静的同时顺便吃掉了炎之巨人(伊芙利特)。这家伙虽然不是我的敌人,但也十分危险。

炎之巨人(伊芙利特)实力在A级之上吗?

确实,黑蛇和黑狼不可能战胜伊芙利特。他们的攻击手段对伊芙利特无效,所以毫无胜算。A级之上有一道难以逾越的鸿沟,所以赢不了才是正常的。

能力的研究也要继续坚持。

不过,在这之前,我有一件最重要的事需要确认——

对!变成人!

我进入为我新搭的专用简易帐篷。

"谁都不能进来!"说完,我放下了门帘。

呼呼呼,呼哈哈,呼哈哈哈哈!

我发出了经典的三段笑。

"变身!"

关于我变成史莱姆这档事 1
Regarding Reincarnated to Slime

我施放了拟态：人类——可惜没有效果音。

我第一次如此期待拟态的效果。

然而……

……咦？喂喂喂！

往常的黑雾没有出现。

怎么回事？我刚冒出这个疑问就发现自己的视角好像变高了。

话说我还长着手和脚，而且体色从月白色变成了人类皮肤的颜色。

嗯，嗯嗯嗯？

虽然不是很明白，但这好像和我想要的不一样。

我很懊恼没有准备镜子。

不过……

虽然不大愿意承认，但我对这个状态有印象。

这是我很久以前，对了，应该是约三十年前的状态。记不清我那时候上没上小学了，总之那个年代就是这种感觉。

等等。

不会吧！我慌忙确认自己的头部——浓密柔软的触感。

我安心地舒了一口气。太好了，看来我不是外星人那种奇怪的外形。

回想起来，黑狼也长着浓密的体毛。没毛的怪物……一想到这个我就觉得恶心。快打住，再往下想就危险了。

一向冷酷的我刚才好像有些焦躁了？

这时候只能接受现实的事吧。虽然不愿意承认，但这样子至少比史莱姆强……

终章
继承的身姿

　　无法确认整体形象还真是头疼……这时，我突然想到一个好主意，刚才吃掉炎之巨人（伊芙利特）时我得到了"分身"技能，试试这个技能如何？

　　不愧是我。虽然不知道这个状态能不能使用"分身"技能，但我还要试试。

　　我的身体冒出黑雾，在眼前汇聚成一个人形——毫无障碍直接成功了。这一过程一瞬间就完成了。站在我面前的是一个——

　　这可不妙。

　　这从各种意义上说都很不妙。

　　首先是外表。

　　一头银发，水灵灵的大眼睛，这是一位纯真可爱的美少女……美少年？我没有性别，准确地说应该是中性……不过只看外表的话，这相貌更接近少女。

　　这副外貌的原型应该是静，一看便知完全没有我的基因。但看来也不是完全再现了静的基因。虽然发色和静一样，但瞳孔是金色的。维鲁德拉的瞳孔也是金色，说不定高阶魔物的瞳孔都是金色的。

　　说起来，岚牙也是，他从瞳孔到血液全都变成了金色。虽然在兴奋时颜色会发生变化，也有可能是因为成了我的眷属，所以颜色才会改变。

　　外貌不受原来世界的影响是理所当然的。因为我穿越到这个世界的只有灵魂。

　　也就是说，影响我现在外貌的主要因素是静的基因。原来静是个令人惊艳的美少女啊……

　　另一个影响因素是我吹弹可破的光滑皮肤，这是史莱姆唯一的优点。这副外貌继承了我们的所有优点，可以说这就是我的样子——

很完美。

一个可爱的孩子赤身裸体地站着,虽然也没有需要遮掩的地方……

这不是重点,从伦理的角度来说,这很不妙,虽然这里没有警察。

啊,这副模样简直可爱到爆。我真想说一句"静,干得漂亮"。

虽然我长相也不错,但算不上美少年。即便经过记忆的美化也算不上。

这时候就老老实实地感谢她吧。

我把简易帐篷中的毛皮包在身上,并递了一张毛皮给分身。

必须准备衣服才行。

回归正题。

最为不妙的是分身的能力。

我的思维运算能力非常强,而我的分身能和我完全链接。

也就是说两个都是我。分身与本体没有差别。

不,炎之巨人(伊芙利特)分身的能力明显不如本体。可是,我的分身却与本体无异。不,多少还是会弱一点。

有区别。

区别是魔素的容量。我使用"分身"技能时消耗的魔素量,就是分身的魔素容量。不过,我使用技能时可以多给分身一些魔素。

我的魔素容量非常大。如果使用得当的话,战斗力应该很高。

虽然炎之巨人(伊芙利特)能变出几个分身,但我的分身能力太强,最多只有一个。

在敌人眼中,这应该是违反规则的超强技能。毕竟这种能力变出的分身攻击力、防御力等身体能力与本体无异。

终章
继承的身姿

最后。

这理由是拟态时的违和感。

我在拟态时没有产生黑雾,那时我就注意到了。

比如黑狼。

我拟态成黑狼时,是用黑雾化为拟态。这样一来,拟态的能力就比不上史莱姆本体。

史莱姆的身体没有手和脚,所以在物理运动方面受到限制,很不起眼。但细胞能力却异常高。史莱姆的所有细胞都兼具肌肉、头脑和神经的功能。

能理解吗?眼睛捕捉到光,然后通过神经把信息传递到大脑。

我不需要这一过程。

即便没有经过"大贤者"补正的千倍认知速度,我的反应速度也高于常人。

黑雾形成的身体将这些信息传递到大脑,也就是本体会有一定的延迟。

估计分身的能力有所降低也是这个原因。

那不使用黑雾的拟态,人类又是什么情况呢?

没错!这一拟态拥有和史莱姆身体同等的反应速度。所以,我没有不自然的感觉。

而且有了手脚之后,我的运动能力提高了,虽然只是个孩子。

即便如此,行动也比史莱姆方便。但也更容易疲劳,这是在所难免的。

最重要的是,由于没有使用黑雾,所以也不需要消耗魔素。

这是何等便利!

关于我变成史莱姆这档事 1
Regarding Reincarnated to Slime

我打算今后主要使用这个形态进行活动。

我突然想到一件事,对分身发出命令。动作非常流畅,就像控制自己的身体一样。

黑雾出现,分身开始成长了!

苗条的身躯,长长的银发,美丽的中性容貌。

完美!

接着还可修改成女性或男性。

变出肌肉、变出赘肉;变为壮年、变为老年……

结论是我可以拟态为各种形态。

和使用黑雾拟态为魔物一样,我可以用黑雾扩充身形拟态为成年人。

也许这样能够增强力量,虽然会降低反应速度,但对提升威力会更有利。

不过,在战斗中速度是最重要的因素。

接着,我进行了各种尝试,确认了新身体的能力。

●

就这样,人生平淡无奇的三上悟变成了史莱姆,而且——继承了一名女性的回忆和身姿,得到了一个目标。

他是一只名叫利姆鲁的史莱姆。

以这只史莱姆为中心,世界——迎来了动荡的时代。

现 状

利姆鲁·
特恩佩斯特

Rimuru Tempest

种族 Race	史莱姆（可化为人形）
加护 Protection	暴风纹章
称号 Title	魔物统帅
魔法 Magic	元素魔法——水冰大魔枪（Icicle Lance）
固有技能 Peculiar Skill	吸收　自我再生　溶解
专属技能 Unique Skill	大贤者　变异者　捕食者
高阶技能 Extra Skill	操纵火焰　魔力感知　水操纵
获得技能 Acquisition Skill	黑蛇——毒雾吐息，热源感知　蜈蚣——麻痹吐息 蜘蛛——钢丝，粘丝　蝙蝠——超声波　蜥蜴——全身装甲 黑狼——威压，潜影移动，黑闪电，思维传递，超嗅觉 炎巨人——炎化，范围结界，分身
耐性 Tolerance	火焰攻击无效　痛觉无效 电流耐性　热量变化抗性　物理攻击耐性　麻痹耐性

　　他通过"捕食者"获得了许多魔物的能力，而且还吞食了伊芙利特，能力大幅提升。继承了爆炎支配者井泽静江的能力、回忆以及她幼时的体形。他计划使用新获得的专属技能"异变者"开发各种能力。

现状

井泽静江
Shizue Izawa

| 种族 Race | 炎之魔人 |

| 加护 Protection | 魔王的加护 |

| 称号 Title | 爆炎支配者 |

| 魔法 Magic | 元素魔法　精灵魔法　召唤魔法——伊芙利特 |

| 专属技能 Unique Skill | 异变者 |

| 高阶技能 Extra Skill | 操纵火焰　爆炎　热浪　魔力感知 |

| 耐性 Tolerance | 火焰攻击无效　物理攻击耐性 |

　　与伊芙利特同化的少女。实际年龄不详。外貌在十五至二十岁之间，熟练掌握多种能力。既是能自如操纵火焰的爆炎支配者，也拥有超一流的剑技。据说她通过专属技能"异变者"衍生出了多种技能。

外传

哥布塔的大冒险

Regarding Reincarnated to Slim

这是哥布塔在哥布林时期的事。

广阔的晴空下刮着爽朗的风。

一群人类紧追着哥布塔。这些人今天也很有精神。

"给我等等!这个除了逃跑一无是处的混蛋。"

"这臭东西又来偷庄稼了!今天一定要杀了他!"

人高马大的男人们双眼充血渐渐逼近哥布塔。

哥布塔在狂奔,全力狂奔。

一旦被抓住后果不堪设想。哥布塔从没被抓到过,所以这只是他的想象,但同伴一旦被人类抓住就回不来了,他知道这后果非常严重,所以他非常害怕。

虽然只要不偷庄稼就不会发生这种事,但哥布塔这些哥布林无法理解田地的概念。他们只知道那是长着大量蔬菜和水果的地方。

通过经验,他们知道那里是人类的地盘,一旦被发现就会被追赶,但风险终究敌不过食欲。哥布塔啃着手中甜甜的瓜,迅速遁入野兽行走的小道。

哥布林身形矮小,所以能逃进那样的小道。身形高大的人类无法进入,只能对着哥布塔破口大骂。

(确保逃跑路线是最基本的!)

事先计划好逃跑路线果然是正确的,哥布塔放下心来。

今天的追逐游戏以哥布塔的胜利告终。

外传
哥布塔的大冒险

哥布塔回到村子，发现那些有威望的人正聚一起商谈，长老也在。狗头族的商人也在和他们一起讨论。

"所以说，这个价格对我们来说实在太高了……"

"那我们好不容易弄到的魔法装备就浪费了。你们能再想想办法吗？"

"如果你们卖的东西更小一点，我们还能想想办法……"

"嗯，是啊。这么大的东西，我们也没办法。"

哥布塔路过时听到了这样的对话。

看来他们正想把魔法装备卖给狗头族商人。

人类使用的装备对哥布林来说太大了，匕首和短剑是个例外，铠甲另当别论。硬皮铠可以拆解，有些部分可以拿来用，但金属铠甲就没那么容易了。没有哥布林会加工金属。

而且如果还是魔法装备（Magic Item）的话就更难办了，乱碰的话，装备还会失去原有的价值。哥布林自己无法使用，又不能卖给狗头族商人，真是暴殄天物。

"对了！你们可以把这些东西拿到矮人王国去交易。价钱可以用商品代替，而且矮人制造的金属器具还能送货上门。虽然离这里非常远……但沿着河走就不会迷路。"狗头族商人突然想到这件事，对正在头疼的长老们说道。

这句话让长老们炸开了锅。

"矮人王国？那地方也太远了吧！我只在传闻中听过这个国家。"

"去那么远的地方到底要花多长时间？"

"而且我们要派谁去？年轻人是宝贵的劳动力，一个也不能派去！"

长老们各执己见互不相让,意见无法统一。

(这事和我应该没关系吧!)

哥布塔斜着眼睛看着他们,坦然地从旁路过。

然而——

"你等一下。"

哥布塔被长老叫住了。

"你好像很闲啊。能帮个小忙吗?"

哥布塔有种不好的预感。

"对了对了,你看这把小刀是不是很棒?如果你愿意帮忙的话,我可以把它给你!"

长老瞄了一眼小刀,哥布塔被刀锋的光芒迷住了。

"你尽管说!我什么都答应!"

哥布塔把刚才那种不好的预感抛到脑后,顺口答应了长老。不过,这也没办法。毕竟那把小刀闪着银色的光芒,是附有魔法的好东西。那一瞬间,哥布塔的理性被小刀的光芒埋没了,在长老的引诱下揽下了这件事。

(啊!)

等哥布塔反应过来已经来不及了。

"是这样!你愿意去矮人王国吗?"

"哈?让我去吗?"

"你会去的吧?"

长老们笑着围住哥布塔。面对皮笑肉不笑的长老们,哥布塔只好点头答应。

据说哥布林的寿命还不到人类的五分之一。

虽然他们的血脉可以一直追溯到妖精族,但从退化为魔物之时

外传 哥布塔的大冒险

起，这种血统就与断绝无异了。哥布林的寿命一般在十年左右，就算是长寿的充其量也只能活二十年。他们到三岁就可以进行繁殖，以此为标准来看的话，哥布林到五岁就算得上是大人了。

这个种族很弱小，因此数量增长很快。

他们较低的存活率也很符合自然规律。

只有半数哥布林能活到成年，能活到五岁的哥布林更是不到成年哥布林的一半。这是属于哥布林这种魔物的常识。

哥布林寿命很短，没有学习语言的习惯。虽然他们会说话，但充其量不过是同伴间的暗号。所以他们没有传承智慧的习惯，也没有储存财产的习性。

但这些哥布林计划要卖掉自己用不了的魔法装备，换一些日用品和有用的防具。

哥布林是没有智慧的魔物，他们不知道这段旅程非常危险，成功率很低。这段冒险往返需要花费数个月，对哥布林而言，这是赌上性命的大冒险……

没有一个人意识到这是一个重大的任务。

即便是长老那样的大人物，也没意识到这个问题，他们只是想把一个有些麻烦的任务丢给一个无所事事的孩子。他们没有恶意，只是因为不懂计算。是哥布林可悲的智慧导致了现在的结果。

就这样，哥布塔毫不犹豫地决定前往矮人王国。

*

"他们太过分了！"哥布塔抱怨道。

也难怪他会抱怨。哥布塔是个体格瘦小的孩子，可他们却让哥布塔抱着堆积如山的货物上路。这简直是强人所难。听狗头族商人说，正常情况下要走两个月才能到，带着这么多货物，更是连路都走不了。

不过，抱怨也没用。

这时，哥布塔想到了一个办法：把货物装到箱子里拉着走。

但是不用说也知道哥布塔拖不动箱子。

哥布塔一筹莫展。他突然想到自己在人类的住所附近见过马拉着箱子。

（说起来，那箱子下面有圆形的东西呢……）

哥布塔想到的是马车，圆形的东西是车轮。

哥布塔可不懂这些，他依葫芦画瓢地去找能代替车轮的东西。

后来，他发现了圆形盾（Circle Shield）。

（这个好像不错！）

接下来就简单了。他用小刀把笔直的棍棒削成自己想要的形状，然后在装货物的箱子上开两个洞，把棍子插进去。这根棍棒就成了车轴。

哥布塔把圆形盾嵌在棍棒两端，再用常春藤把它们固定好。之后再给箱子装上把手，一辆手拉板车就完成了。

哥布塔在车上塞了一块破布把货物固定住，防止货物滚落。他想到这些布晚上还能当毛毯用，于是就去村里借了多余的毛毯。

令人高兴的是，长老为自己准备了水和食物。哥布塔把这些也一并装进板车。

准备完成。接着，哥布塔从村子出发了。

*

（肚子好饿……）

外传 哥布塔的大冒险

离开村子一周后,哥布塔已经疲惫不堪,他步履蹒跚地走着。

他本以为那些食物自己一辈子都吃不完,结果才五天就没了。水虽然还有,但估计也维持不了多久。

而且板车还被树根卡住,哥布塔白白耗费了体力。在这种状况下,体力的消耗比徒步更大,无论如何都称不上顺利。哥布塔在如此恶劣的条件下,什么都没吃,连续走了两天,会如此疲惫也在所难免。

哥布塔步履蹒跚地拉着板车,艰难地前进……

(我已经不行了!)

哥布塔靠着大树瘫坐在路边。不过,也不知道是幸还是不幸,一些蘑菇映入他的眼帘。如果细看的话,应该会注意到这些蘑菇色彩鲜艳,很可能有毒,不过哥布塔太饿了,视线有些模糊。

(这不是蘑菇吗?有了这个,我还能再战三年!)

哥布塔大口大口地吃着蘑菇。他想都没想,就生吃了这些明显有毒的蘑菇。不过,哥布塔的运气好到爆炸。

其实这种蘑菇要在烹调之后才会产生毒性,是种危险的食材。无论是烤还是煮,只要经过加热,菇中的液体就会产生毒素。哥布塔在毫不知情的情况下生吃了这种蘑菇,结果这是唯一安全的食用方法。

哥布塔吃饱之后恢复了力气。接着,他又发现了树洞里的积水,把水装满了皮质水袋。这下,他更得意忘形了。

(这不是很轻松吗?食物只要找一找就有了!)

那一天,哥布塔决定在此休息。

他发现了蔓藤,这正好可以用来修复那台即将报废的板车。他在破洞或者出现缝隙的地方涂上黏糊糊的树液,然后再贴上树皮堵住缝隙。

就在板车的加固工作结束后，哥布塔在那里睡了一晚，疲劳完全消失了。

到了第二天早上……

哥布塔恢复得比预想的要好，他神清气爽地睁开眼，充满活力地开始探索这一带。

在探索中，他采到了能吃的野莓和树果。

当然他也发现了昨天吃的蘑菇，不过……

"我第一次见到颜色这么危险的蘑菇！就算是我也不会吃这种东西……"

他彻底忘了昨天吃过这蘑菇的事，嘟囔着走开了。

哥布塔只发现了一个颜色朴素的蘑菇，他开心地把那个蘑菇收好。除此之外，其他的都是色彩鲜艳的毒蘑菇，所以他以为自己昨天吃的就是他刚找到的蘑菇。

（我昨天竟然能在这么多毒蘑菇中找到能吃的蘑菇，实在太幸运了！）

哥布塔很高兴，他彻底误会了。

哥布塔继续采集，在临近正午时终于心满意足地再次踏上旅程。

哥布塔现在知道只顾赶路的话，食物会不够，所以他稍微放慢速度，边走边寻找能吃的东西。

*

离开哥布林村一个月之后，哥布塔终于找到了那条标志性的大河。

外 传
哥布塔的大冒险

河水清澈美丽，有时还会闪过一道亮光，那好像是水中鱼类在阳光下的反光。

这条河非常宽，连对岸都看不到，因此水流看上去很缓。但实际上水势很急，连游泳都很困难。

哥布塔吃惊得眼珠子都要掉下来了，他从没见过这么宽的河。其实他见过小河，而且非常喜欢游泳，但那些河根本没资格和这条壮阔的大河相比。

哥布塔有生以来第一次见到这样的大河。面对这难以想象的景象，会感动也在所难免。

"呀！这太厉害了！"哥布塔感动得大叫。

他望着大河怎么也看不够，那一天，他一直在河边坐到天黑。

哥布塔看了一整天大河，终于看够了。第二天，他早早地起床出发。

不过……他正要拖动板车时发现了一个重要问题。

"咦？据说到了河边之后要往左走……不过如果我掉个头，方向不就完全相反了吗？"

哥布塔嘟囔道，可是没人可以解答他的疑问。他在左手上做了记号，以防自己忘记。所以他知道哪边是左手。可是问题在于，如果他掉个头，那么左手所指的方向就完全相反了……

要面向哪一边，左手的方向才是自己的目的地呢？这是个难题。

最终，哥布塔决定在河滩上捡一根木棒，把木棒立在地上松开手，然后朝木棒倒下的方向前进。

结果木棒倒下时所指的竟然就是正确的方向。哥布塔的好运让人无话可说。

好运的哥布塔朝着正确的方向迈出脚步，之后他没有遇到任何

关于我变成史莱姆这档事1 Regarding Reincarnated to Slime

问题，旅途一切顺利。

哥布塔开始对单调的旅途感到厌倦时，道路前方出现了一个浅滩。

这里是森林中的动物饮水的地方，不过却没有动物争抢地盘的痕迹。食肉动物和食草动物和睦地在这里饮水，这景象在弱肉强食的自然界中非常少见。看来动物们出于本能遵守着某种规则，避免在这里争斗。

不过这终究是动物间的规则。这种规则与人类和魔物无关。当然，哥布塔也一样……

狩猎动物的魔物多在夜间活动，动物们在白天似乎完全没有防备。

（机会来了！看来过了这么久，我终于有机会吃肉了。）

哥布塔盯着动物，两眼放着光。

食草动物泡在水中十分享受。

食肉动物喝够水后马上离开。

野鸟、野兔似乎对大型动物有所顾忌，它们在远离大型动物的一端边啄水边观察四周。

哥布塔四处张望，他正在物色理想的猎物。

他盯上了一只野兔。那只胖墩墩的野兔行动似乎不快。最重要的是，哥布塔应付不了大型猎物，而这只兔子倒是刚刚好。

哥布塔在一定距离外停了下来，谨慎地观察情况。

（太好了。它好像还没发现我。）

他窃笑着慢慢逼近野兔。

哥布塔收集脚边的石子，悄悄拉近距离，直到有把握击中野兔为止。他在田地偷蔬菜时练就的潜伏技术派上了用场。

外传
哥布塔的大冒险

"看招！"

哥布塔带着绝对的自信向野兔丢出石子。石子完美地命中目标。

野兔倒在水中。其他动物看到这一幕，瞬间逃跑了。不过这与哥布塔无关，他开开心心地过去捡野兔。

这时，问题出现了。

"呜哦——"

一只魔兽从森林中出现，发出了凶暴的吼叫。

那只魔兽悠然地站在略高一些的川崖上漫不经心地看着哥布塔。

这只魔兽是孤刃虎（Blade Tiger），被称为密林的王者。他是B级魔兽，F级的子鬼族（哥布林）毫无胜算。

看来他和哥布塔一样，都盯上了来喝水的动物。不过由于哥布塔的行动，孤刃虎的猎物都逃了。

也就是说，现在哥布塔是唯一的猎物。

虽然还有那只被哥布塔打死的野兔，但那只小东西似乎填不饱孤刃虎的肚子。

"啊！难道他的目标是我？"

孤刃虎根本不把川崖的高度放在眼里，他轻轻一跃，无声地落在哥布塔面前。

哥布塔脸色发青，但出于本能，他知道自己逃不掉。

这样下去，哥布塔必将葬身虎口。现在该怎么办？哥布塔拼命思考着。

接着——

（既然这样，只能拼死一搏了！）

哥布塔下定决心，摆好架势准备迎战孤刃虎。不过，哥布塔能

关于我变成史莱姆这档事 1
Regarding Reincarnated to Slime

做的事太有限了。虽然他左手在握着石子,但就算丢中孤刃虎也没用。

(对了,那个也许会有用……)

这时,他想到了出发时长老给他的小刀。

那把小刀说不定能伤到孤刃虎,如果运气好的话,应该能借机逃跑。想到这里,哥布塔便决定行动,已经没时间犹豫了。他没有其他办法,现在只能相信这种可能性,并抵抗到最后。

哥布塔朝孤刃虎丢出石子。他的底牌是那把小刀,但一旦被躲开,他就完了。所以,他计划先用石子进行佯攻。

不出所料,孤刃虎轻轻跳起,躲过了石子。哥布塔看准他落地的瞬间掏出怀里的小刀正要丢出——

(这不是蘑菇吗?)

哥布塔注意到自己准备丢向孤刃虎的东西不是小刀。可是为时已晚,这个蘑菇即将脱手,现在已经无法停止投掷动作了。蘑菇飞了出去。

哥布塔本想把这个蘑菇放进怀里留着以后吃。这是他在一堆毒蘑菇中发现的唯一一个颜色朴素的蘑菇。他本想拿来当零食,结果忘了这回事。

然而,这时发生了哥布塔无法想象的事。

其实这是稀有的毒蘑菇,它的孢子含有剧毒。

哥布塔在毫不知情的情况下带走了这个蘑菇,他不但没有吃,还把它丢向了魔兽……

蘑菇朝孤刃虎的脸上飞去,孤刃虎瞥了一眼然后张开嘴。他想用声震炮(Voice Cannon)把这东西轰得粉碎,但事与愿违。蘑菇被轰碎后释放出含有剧毒的孢子,站在下风口的孤刃虎沐浴在孢子

外传
哥布塔的大冒险

中。

毒孢子附着在孤刃虎身上，火烧般的疼痛蔓延至他的全身，他当场倒下满地打滚。重要的是，孢子从他的口鼻钻进体内，他的感官失常了。

孤刃虎有生以来第一次尝到这种苦头，痛得不省人事。

哥布塔没有放过这个机会。

（咦，虽然不清楚是怎么回事，但这是个机会！）

哥布塔没有鲁莽地给他最后一击，而是选择迅速逃跑。不过，他没忘记去捡野兔。

他慌慌张张地跑去，把野兔放进板车，用最快的速度逃离那里。

哥布塔没命地一路逃跑，好不容易逃到了一个安全的地方。安全逃离之后，他终于放下心。

就这样，哥布塔躲过了巨大的危机。

放下心后，哥布塔的肚子又开始饿了，他想起了那只野兔。

不过就算是哥布塔也不会放松警惕。为了确保安全，他来到了河滩，这里能看清周围的情况。他在河边找来合适的石头堆成炉灶，然后铺满枯木和树枝，点上火。

哥布塔的头脑完全被食欲占领了，把刚才的危机忘得一干二净。

他开心地放掉野兔的血，然后掏掉内脏，剥去毛皮，把肉切成合适的大小。然后，他把兔肉穿在树枝上，架在炉灶上。之后只要转动树枝，让兔肉均匀烤火，直到表面烤透就行了。

就这样简单地把肉烤一烤，然后挤出果汁洒在肉上，料理就完成了。

"好吃！这个太好吃了！！"

哥布塔无视滴下的肉汁,一口一口咬着烤好的肉。

他把性命危机抛到脑后,美味的食物才是最重要的。

而且一直以来他的食物只有顺道采集的树果和野莓等,久违的肉味对他来说简直是能让人升天的幸福味道。

对哥布塔而言,刚刚碰到孤刃虎的恐惧感已经成为过去了。现在就算想起这件事,他也只会轻描淡写地感慨一下"我曾遇到过这种事啊"。

哥布塔尽情地享用了美食,很久没有这么满足了。

"好!感觉明天也会是美好的一天!"

哥布塔把今天的事抛到九霄云外,想象着美好的明天。

*

又过了一个月,自遭遇孤刃虎之后,哥布塔再也没有遇到大麻烦。

之前遥不可及的山影越来越近,现在抬起头已经能看见山顶了。山体上坚硬的岩石在雨水的冲刷下表面非常美丽。对哥布塔而言,这里的一切都是那么稀罕、都是那么新奇。

不过,哥布塔现在可没有余力悠闲地欣赏美景。

他的食物快吃完了。

毕竟这里是鸠拉大森林外的草原地带,可以说是矮人王的脚下。哥布塔在离开森林前尽可能地收集食物,之后再朝大山前进,可是在这之后就无法进行补给了。看着食物一天天减少,他越来越不安。

幸好沿途有从未见过的迷人景色让哥布塔忘记饥饿,但现在也差不多该认清现实了。

然而,还有其他问题。

前往矮人王国的不只有哥布塔。矮人王国是中立的自由贸易都

外传
哥布塔的大冒险

市，各个种族都会来这里。不仅是魔物和魔人，人类也会来……

应该尽可能集体行动——对来这个国家的人而言，这是一条不成文的规定。

虽然在矮人王国内安全有保障，但戒备的目光可顾及不到国境沿线的地区。这是商人们的常识，不过哥布塔无从得知这事，也不会有所注意。

也就是说，哥布塔把注意力放在食物上时，遇到了新的麻烦……

"喂，好像有一只哥布林带着值钱的东西？"

哥布塔正想着，这情况可不大妙，必须去找食物了，突然这声音传进了他耳中。

不过，哥布塔不知道这话是什么意思。哥布林间的对话类似于"思维传递"，人类的语言他们只能理解只言片语。

但哥布塔敏锐地察觉到话里的恶意。那些人类悄悄来到哥布塔身边，他抬起头看着人类，产生了很危险的预感。

（糟糕……我有不好的预感。）

哥布塔加大力气握紧板车，打算尽全力跑走。

然而——

"哦，你想逃吗？"

一个穿着金属铠甲的人类战士出现在哥布塔面前。

后面的轻装男性翻看完板车里的东西后吹了一声口哨。

"喂喂，我本来不抱期望的，可这不是魔法装备吗？今天很走运啊。只要杀掉这样一只杂鱼，就能赚到买装备的钱了！"

"哦？我本来只想弄点零花钱，没想到会这么走运。那些嫌麻烦不来的家伙这下要哭了。"

哥布塔不顾这两个男人的话，思考着该怎么办。

293

关于我变成史莱姆这档事1 Regarding Reincarnated to Slime

矮人王国近在眼前，怎么会遇上这样的危机？他很疑惑。不过现在没时间想这些。

焦急的哥布塔冷静下来，思索着最佳方案。

（怎么办？这样下去，东西会全部被抢走，而且我的生命好像也受到威胁……）

仔细想来，结局可不只是东西被抢那么简单。这时，哥布塔才发现自己性命堪忧。

哥布塔的担心是对的。

那两个男人堵住哥布塔的退路，走过来要对他施暴。

哥布塔的体格和儿童差不多，根本无力与这些男人抗衡。用冒险者的话来说，这些全副武装的男人相当于D级。哥布塔毫无胜算。

除非有逃离孤刃虎时的运气，否则就算全力应战，哥布塔也逃不过死亡的结局。

不过，幸运女神对哥布塔露出了微笑。

"你们在干什么？"

那两个男人没有拔出武器，正赤手空拳地勒索哥布塔。这时，一名气势十足的女性怒喝道。

那两名男性回过头，看到一个雌性人鬼族（哥布林美女）站在那里。那是一个哥布林美女战士，她有一头标志性的红褐色头发。她的后方有一支狗头族商队正往这边过来。看来这只哥布林美女是商队的护卫。

那两名男性冷静地做出判断。他们只有两人，而商队中还有大型哥布林战士。大型哥布林和哥布林美女是会说人类语言的高阶魔物，低阶杂鱼哥布林无法与之相提并论。

论实力，这两个男人只有逃跑的份，他们可不敢招惹这样的对

外传
哥布塔的大冒险

手。如果刚才直接抢走东西逃跑就好了,但他们知道现在已经来不及了。

"喊。这次就先撤了!"

"让这杂鱼捡回了一条命!"

那两个男人丢下这话离开了。

哥布塔又幸运地捡回了一条命。

*

得救之后,哥布塔舒了一口气……然后昏过去了。

马车嘎吱嘎吱地摇晃着,这声响妨碍了哥布塔的美梦。他被打伤的地方受到刺激,疼得跳了起来。

"咦?你醒啦?"

哥布塔抬起头,发现红褐色头发的哥布林美女正在照顾自己。

哥布林的外貌和猴子很像,但哥布林美女的容貌更像人类。

"仙女,这里有个仙女!"

哥布塔一下落入了情网,连疼痛都抛到九霄云外。

"请你为我生孩子!"

哥布塔跳起身说出了爱的告白。虽然跳过了很多过程,但哥布塔非常认真。

但马车里的人彻底把这当成了玩笑。

"噗……噗哈哈哈哈哈!别逗了,小鬼!"

"喂喂,大姐头。你就给那家伙生个孩子吧!"

"你们都闭嘴!别开玩笑了,好好警戒!"

周围的人嘲弄着,不过红褐色头发的哥布林美女一下就把那些人打发了。

哥布塔留意到刚才那些人叫红褐色头发的哥布林美女"大姐头"。

旁人那些冰冷的话对哥布塔毫无影响，他热情地看着大姐头。

然而，现实并不甜蜜。

"你听我说，我不喜欢你这种怯懦的人。你太软弱了，连人类都瞧不起你，我不会选择这样的男性。我要选择的是起码是有能力拯救我的雄性才行。"

大姐头选择和他一刀两断。哥布塔的初恋才刚开始就结束了。

"这……这样啊……太遗憾了……"

哥布塔的热情被浇灭了，头脑一片空白，与此同时，全身的疼痛再次向他袭来。

就这样，失意的哥布塔再次陷入昏迷。因此，狗头族商队一路照顾哥布塔到矮人王国。能平安到达矮人王国真是走运……

虽然哥布塔的初恋以失败告终，但他原本的目的达到了。

经过狗头族商队的介绍，哥布塔把板车中的货物卖给了矮人商店。

看到哥布塔拿出魔法装备，矮人们有些吃惊，他们什么也没问，淡淡地为哥布塔办理手续。

他们好像已经习惯和魔物做生意了，简单说几句就成交了。

一个矮人指着哥布塔腰间。

"喂，那个不卖吗？"

哥布塔顺着那个方向看去，发现矮人指的是自己的小刀。

（啊！原来我没把它收进怀里，而是插在腰间啊。）

难怪哥布塔之前从怀里掏出的是蘑菇。这事先放到一边——

外传
哥布塔的大冒险

"这是我自己用的。不卖。"哥布塔答道。

听到这话,矮人点点头,对哥布塔说道:"虽然这是把好刀,但魔力快耗尽了。最多只能再用一两次吧。你会用吗?"

"不,我不会用。这是魔法武器吗?"

"是啊。它叫火焰短剑(Flame Knife)。虽然材质是白银,但内含魔力,是人类贵族用于防身的装备之一。以防万一,我可以教你咒文,但你要记住,使用之后,它就坏了。"

"真的吗?"

"是真的。这是矮人王国制作的短剑之一。你要珍惜啊。"

这个矮人亲切地把咒文告诉了哥布塔。他似乎很喜欢这个拿着矮人制小刀的哥布林,为哥布塔考虑了不少事。

就这样,哥布塔顺利完成了交易。他换回的不是现金,是各种物品,他无须把这些东西搬回去。因为矮人还提供收费的商品运送服务。

哥布塔换了一板车菜刀、大锅等日用品。他还换了哥布林也能轻松使用的小刀、护胸等装备。他把这些东西拉到运输商人那进行登记。

然后,运输商人给了他一个魔法筒。这是个好东西,据说在任意位置安放并启动魔法筒,货物就会被传送过去。

当然,这是一次性魔法道具。

虽然可以花较低的费用发航空件,但只能送到周边地区。而且,哥布塔怎么也说不清收件位置,所以只能选择较贵的传送魔法。而且要运的东西可不少,拉着板车回去着实够呛。因此,哥布塔毫不犹豫地选择了传送服务。

事实上,带着货物回去很危险,因为可能会被人盯上,所以轻装上路是最好的。哥布塔的判断不见得是个错误。

从传送商店出来后，哥布塔回到买东西的地方向给自己做说明的矮人道谢。

"谢谢！我顺利传送了货物。真是帮了大忙了。"

"是你啊。那就好。这东西卖不掉，就还给你吧。"

说完，那个矮人把一件上衣递给了哥布塔，这是用哥布塔用来代替毛毯的毛皮做成的。矮人把哥布塔打死的野兔毛皮缝到里面，防寒效果一流。

虽然他嘴上说是还给哥布塔，但这似乎是特意为哥布塔做的。

"呃，这不好吧？"

"哦。估计你当时想都没想就把所有东西都给我了，你现在连被子都没有吧？出远门可不能忘了这个。"

矮人边对哥布塔说教，边取出一个旧行囊。

"这个也送你。我放了点干粮，就当是找你的零钱了。精打细算的话应该够你吃一周的。"

"真的吗？谢谢你！"哥布塔对矮人的好意表示感谢。

"你别放在心上。其实那把小刀是我做的。我总不能放着它的主人不管吧。祝你能平安回去。"

说完这话，矮人就去招呼其他客人了。

（也是啊……如果我空着手离开这里，估计到不了森林。我要感谢这个亲切的矮人！）

哥布塔再次表示感谢。虽然那个矮人看不到，但他想至少表达一下自己的谢意。

接着，哥布塔穿上外套背上行囊离开了。

哥布塔完成任务后没有立刻踏上归途。

外传
哥布塔的大冒险

"难得大老远跑过来,当然要去观光一下!"

他嘟囔着说服了自己,然后在矮人王国里四处参观。

矮人王国建在天然的大洞窟里,无法直接见到太阳。但矮人们用精巧的技术引入了自然光,所以这里很明亮,没有任何不便。

晚上墙上的荧光苔藓发出光亮,城市如月圆之夜般明亮。

问题在于火的使用。

虽然不是封闭空间,但烟雾在洞窟内不易散去,所以换气很重要。因此,无论室内、室外都限制用火。工坊厨房等用火的设施必须要常驻消防员,这是义务。

因此有规定只能在建筑物内部吃饭。

平时感到不舒服的时候哥布塔会去冲个澡,但现在他刚结束长途旅行。也就是说,哥布塔现在非常臭。他没有洗澡的习惯,所以这是不可避免的。

城市入口附近的交易所到处都是冒险者,所以他不怎么引人注目,但是到了建筑物里就要另当别论了。即便有换气措施,哥布塔的恶臭也足以引起他人的不快。

而且到了商业区之后,甚至开始有人皱起了眉头。

哥布塔沐浴在别国商人不快的视线中。即便是哥布塔,在这种视线中也会觉得难受。

(感觉好难受啊……看来我应该尽快离开。)

哥布塔识趣地决定回哥布林村。

这是正确的决定。毕竟哥布塔没有钱,虽然他还想再看看这座城市,但他连饭都吃不上。

哥布塔无法理解金钱的概念,所以只会以物易物。目前,他只能放弃。

关于我变成史莱姆这档事 1
Regarding Reincarnated to Slime

哥布塔放弃观光正要离开——

这时，哥布塔看到了那一幕。

一群美若天仙的美女在装饰华美的店中谈笑的光景。

虽然那个哥布林美女大姐头的美貌堪比仙女，但和这些美女比起来，就相形见绌了。

从柔顺的魅力金发到长长的耳朵，她们身上保留着典型的妖精特征，她们是长耳族（精灵）。

不同种族的审美观各不相同，但哥布林的审美观和人类一样。理由很简单，哥布林原本是妖精的一种，所以，保留着妖精的审美观。虽然退化了，但本质上和妖精很接近。所以，没什么理性的哥布林甚至会袭击人类。

（好漂亮啊！总有一天，我也要和精灵小姐姐一起玩！）

哥布塔做出了这个决定，同时也决心要变强。

因为他认为只要自己变强，漂亮的女性就会喜欢自己，就像哥布林美女大姐头说的一样。

哥布塔怀着新的目标，在矮人王国度过了唯一的一晚。

他认为晚上出发太危险，所以在附近的公园露宿。

这一晚过得比预想得要舒适，哥布塔精神饱满地睁开了双眼。

哥布塔看到公园里的喷水池用的好像是地下水，估计那水能喝。于是，他从行囊里拿出水袋装满了水。

然后，哥布塔离开矮人王国，终于踏上了归途。

*

哥布塔刚走出大门就听到有人在对自己说话。

"咦，这不是之前的小鬼吗？你事情办完了？"

外传
哥布塔的大冒险

哥布塔抬起头,看到了狗头族商人。商人身后跟着两个大型哥布林战士和那个红褐色头发的哥布林美女大姐头。

"啊,你是之前的商人!"哥布塔问候道。

看来商人们也要回去了。富裕的商人会在城里住上一段时间,但做小买卖的商队不会久留。一般来说,他们会尽快做完生意,然后回自己的国家休息。

寒暄之后,狗头族商人让哥布塔坐上马车。

"我们回去的路一样吧?反正马车也空着,我们载你一程吧。不过如果遇上盗贼或者魔兽的话,你要保护我们哟。"

商人开了个玩笑,笑了起来。哥布塔几乎没有战力,很明显这话只是叫他上马车的借口。

哥布塔也爽朗地笑了。他以为自己很可靠,感觉有些自豪。

一行人沿着大河前进。一路无事顺利穿过了草原,进入了森林。

哥布塔在休息时打野鸟、采树果很是活跃,他和其他人都混熟了。

"你在这方面倒是非常有才能啊!真亏你能找到这么多食物……"

"真不愧是鸠拉大森林里的部族。你在森林里比我想象的更有用。"

"是啊。没想到你还有这种才能。"

人人都在夸哥布塔。

哥布塔拿着用石子打回来的野鸟,按捺不住心中的喜悦。他很少被人夸奖,所以现在很得意。

这时,他发现了色彩鲜艳的毒蘑菇。对,就是哥布塔饿得快不行时无意吃掉的那种。

(这个不能吃吧。不过,咦?等等,那里的颜色普通的蘑菇好像也不能吃。难道我之前吃的是这个?)

虽然他有所怀疑，但那丰富的色彩和可疑的红色怎么看都觉得很危险。

即便是得意忘形的哥布塔看到这种颜色也会犹豫。

"我说，那个可不能吃啊。那叫火瘴茸，有剧毒。毒素较强的蘑菇一旦遇火就会爆炸并释放出剧毒。如果你想试试的话，我也不阻拦，不过我会先为你念一句阿弥陀佛。"

听到大姐头这么说，哥布塔连连点头，没人会特地去吃那么危险的蘑菇。

哥布塔他们把火瘴茸的事放到一边，老老实实地搜集树果。

哥布塔他们负责搜集食材，此外还有负责去河边取水和加工食材的人。

各人都完成了自己的工作，终于要开始做饭时——

"呜哦——"

突然，一声震慑人心的可怕咆哮响彻森林。

接着，一只魔兽带着怒意出现了。

这是B级魔兽孤刃虎，就是被哥布塔用毒蘑菇击退的那只。

他因毒蘑菇的孢子受到了一些伤害，但所幸当时是在水边，他似乎痊愈了。不过，他的怒火没有平息。孤刃虎非常愤怒，他想洗刷这份耻辱，要让哥布林这下等魔物吃点苦头。

于是，他发誓要赌上自己孤高强者的荣耀，向瞧不起自己的人复仇。

孤刃虎发出愤怒的咆哮之后，用声震炮把其中一个担任护卫的大型哥布林吹飞。这是彰显武力的一击，就连肉体强韧的大型哥布林也在那一瞬间受了濒死的重伤。如果没有全身铠甲（Full Plate

外传

哥布塔的大冒险

Mail)的保护,估计他会当场毙命。

"大哥!"

另一个大型哥布林惊愕地叫道,不过他没有动作。他唯一能做的就是拿起斧头防备孤刃虎。这也是没办法的事。毕竟大型哥布林只有C级,根本敌不过B级的孤刃虎。

"别刺激他,这家伙很危险。就算我们十人紧密配合也未必能赢孤刃虎。商人先放弃货物,悄悄离开。"大姐头冷静地说道。

她深知刺激孤刃虎只会增加危险。至少要让委托人安全逃离,于是她对狗头族商人发出了警告。

运气好的话,他们这些护卫还能趁孤刃虎吃拉车的马时逃走……

不过,这份希望会破灭。因为孤刃虎的目标是复仇,而不是填饱肚子。

护卫们摆好架势。孤刃虎瞥了他们一眼,寻找着自己的猎物哥布塔。

孤刃虎又把威胁的目光转向正要悄悄逃走的狗头族商人。商人们知道自己无处可逃,绝望地瘫坐在地。

"看来不行。那家伙可不想放我们走。"

"大姐,现在怎么办?我们可赢不了他。"

"没办法了,现在只能不惜性命发动特攻了。各位商人,等我们冲过去,你们就立即跑走!但是,你们要分散逃往不同的方向,如果你们不想全灭的话。"

护卫们视死如归。他们放弃逃生的机会,决意与孤刃虎战斗。因为他们想吸引孤刃虎的注意让商人们逃脱。

在这绝望的气氛中,有一个不识趣的男人。

对,那就是哥布塔。哥布塔在孤刃虎发出咆哮的瞬间,就认为这是个机会。

（是那只老虎吧？他不是被我用蘑菇赶跑了吗？我好像能赢那家伙！）

只有哥布塔一人没有被恐惧支配。

"你的对手是我！"哥布塔跳了出来。

孤刃虎看到他发出了凶恶的低吼。

"笨蛋！你跳出来又有什么用？"

听到大姐头的喊叫，司布塔笑着答道："请交给我吧！"

接着，他朝森林跑去。

孤刃虎飞快地追去，他的眼里似乎只有哥布塔。

看到这一幕众人同时哑口无言，不过他们只僵了一瞬间。

"喂，那个笨蛋……乱来也要有个限度啊……"

护卫们动摇了，但他们没有放过哥布塔创造的机会。

"你们趁现在快逃！我们在这里拖住他。"

"可……可是……"

"别在意。这是我们的工作。如果我们能顺利逃离那只怪物的话，就用信号筒联系。"

"你说得对。我们也不想送死。希望我们能顺利会合——"

说完，商人们朝马车跑去。护卫们估计哥布塔争取不到多少时间，所以也决定留下来，这样委托人才能逃掉。等到商人的马车出发后，他们才开始朝哥布塔离开的方向跑去。

至于哥布塔——

（好可怕！太可怕了！）

孤刃虎和自己的距离越来越近，面对这份压迫感，哥布塔终于产生了恐惧。

孤刃虎的脚力不负 B 级之名，一转眼就逼近了哥布塔。

（早……早知道这样我就不耍帅了。）

现在后悔已经来不及了。哥布塔全力狂奔，拼命拉开距离。

不过，被恐惧逼到绝境也许不是坏事，哥布塔如得到天启般脑中闪过一条妙计。

（对了，用这个的话说不定……）

哥布塔停下来，从怀里取出一样东西，然后笑嘻嘻地把手中的道具丢向孤刃虎。

孤刃虎看到哥布塔停下来，也疑惑地停住了。紧接着，哥布塔丢出的东西飞到了孤刃虎眼前。

如果孤刃虎用自己最强的武器声震炮把飞过来的东西轰得粉碎，那事情就到此为止了。然而，上次失败的记忆让孤刃虎犹豫了。孤刃虎是聪明的魔兽，他不会重蹈覆辙。但这个称得上优点的习性害了他。

孤刃虎没有使用声震炮，他打算直接衔住飞来的东西。因为孤刃虎聪明灵敏，他可以毫不费力地衔住目标，却不对其造成冲击。

然而——

在孤刃虎轻轻衔住飞来那东西的瞬间，哥布塔叫道："魔法筒开封（Unseal）！"

孤刃虎还没理解这句话，魔法筒就生效了。

和哥布塔的计划一样，传送商人为他准备的魔法筒发挥了应有的效果。孤刃虎原本衔着魔法筒的嘴里突然冒出了哥布塔买的日用品、装备以及板车等物。

不出意外，孤刃虎的下颚没了。

哥布塔的计划很成功。

关于我变成史莱姆这档事 1
Regarding Reincarnated to Slime

"太好了！"哥布塔藏不住自己的喜悦。

然而，哥布塔的计策还没结束。

他手中还拿着火焰短剑。

孤刃虎的战斗力很高，只是没了下颚还不足以让他停下来。哥布塔考虑发动自己心爱的武器给他决定性的一击。

（不过，如果在这里放火的话，连买来东西也会被烧掉。也许应该继续把他往深处引。）

哥布塔注意到自己买来的东西散落在孤刃虎脚边，于是往森林深处逃去，想要引开他。

从未体验过的剧痛让孤刃虎陷入混乱，无法正常做出判断。因此看到哥布塔逃跑时，他的心中只有愤怒。孤刃虎已无力思考，他不顾对方的意图和目的，遵从本能追了上去。

孤刃虎失去了自身最强武器声震炮，忍受着剧烈的疼痛，现在他的心里只有屈辱与愤怒。无论如何都要解决掉哥布塔——这想法冲昏了孤刃虎的头脑。

哥布塔稍稍拉开距离后，利用自己身形小巧的优势，钻进密集的灌木丛。这样一来，孤刃虎便没了能力上的优势，哥布塔成功拉开了距离。

（好！在这里一定能打中！）

碍手碍脚的灌木让孤刃虎失去了机动性。哥布塔认为现在只要直接投掷就能确保命中。那是自己心爱的武器，而且还能发动魔法。面对这把武器，即便是凶恶的魔兽也无法全身而退。

孤刃虎的声震炮被封住了，而且现在也无法闪躲。于是哥布塔自信十足地投出火焰短剑。

"火焰发动（Fire）！"

外传
哥布塔的大冒险

　　哥布塔喊出矮人告诉他的咒文。这个咒文启动了火焰短剑的魔法。

　　刀身缠着火焰朝孤刃虎飞来。

　　这件魔法装备的魔法本来是对B级魔兽无效的。但孤刃虎产生了戒备。这无谓的戒备害了它，为哥布塔送去了幸运与胜利。

　　孤刃虎灵活地挥动上颚残留的刃齿（Blade），挡开了包裹着火焰的火焰短剑。看到这一幕，哥布塔露出了绝望的表情。但这反而是哥布塔的幸运之处。

　　火焰短剑被挡开后插进孤刃虎的脚边的地上。那里长着一种特殊的蘑菇。那种蘑菇遇热后会产生剧毒。而且那是一个成熟的大个蘑菇……

　　遇到火焰后，火瘴茸炸开了。飞散的火焰在那附近引发了连环爆炸。孤刃虎身处爆炸的中心无处可逃，他暴露在剧毒的孢子中。

　　孤刃虎挡开了伤害较弱的攻击，结果受到了严重的伤害。

　　这时——

　　"你干得很好！之后交给我们吧！"

　　"哦，小鬼……我对你刮目相看了，你是个强大的战士！"

　　哥布塔疲惫不堪，现在一步都挪不动，这时传来了振奋人心的声音。

　　面对遍体鳞伤的孤刃虎，护卫的战士们也有胜机。

　　就这样，他们击败了孤刃虎，哥布塔赢得了胜利。

*

　　一行人到了分别的路口。

　　哥布塔要去森林深处，商人们则继续沿着河流去魔王的领地。

"好不容易得到的宝物小刀坏了……而且我现在又要拉着板车回去……"

哥布塔发着牢骚。不过，他还是一副无忧无虑的表情。对他而言，这不是大问题。

"你救了我们，再次向你表示感谢。"商人们感谢道。

哥布塔听后露出了羞涩的笑容。

"话说，生孩子的事……"

"大姐，我会变强的！下次就算没有你们的帮助，我也会打倒那样的魔兽！"

"嗯？嗯，嗯！说得好。你要再接再厉啊！"

大姐头的话说到一半就被哥布塔打断了。哥布塔似乎误会了，但这话让大姐头改变了主意。她转而激励哥布塔。她希望自己的话能让哥布塔更上一层楼。

就这样，哥布塔的恋情没能结果，两人分别踏上了各自的道路。

哥布塔拉着板车进入森林深处。

商人和护卫的战士目送哥布塔离开。

"为那家伙生孩子好像也不错。"看着挥手离去的哥布塔，大姐头嘟囔了一句。

"大姐，现在还来得及哟。"

"不用，算了吧。那家伙估计和我们不一样。他很特别，要不然，他也活不到现在。"

"是啊……你说得对。"

他们边说边看着哥布塔的背影渐渐消失。

后记

初次见面，我是伏濑。

首先要感谢读者捧起这本书。

这部作品是在已公开的网络版本的基础之上润色修改而成的。

也许有的读者已经知道了，现在也能在"成为小说家吧"网站上看到本书。为了让这些读者也能享受本书，我写了全新的番外篇等内容。

初次接触本书的读者如果方便的话也请看看网络版本。虽然主要情节与实体版相同，但也有不同的部分，对比二者的区别也是一种乐趣。

这是我第一次写后记，我紧张得不知道写什么好。

所以我决定在这里想向各位读者表示感谢，你们是我写下这本书的原动力。

阅读网络版的读者，谢谢你们一直以来的支持。你们的感想给了我力量。

感谢 Mitz Vah 为我画了这么棒的插画，栩栩如生地展现出多彩的角色。也许今后我还会提任性的要求，还请多包涵。

还有提出出版实体书的编辑 I 先生。如果没有他的热忱就不会有这本书。

最后是购买这本书的各位读者。

希望你们能喜欢这本《关于我变成史莱姆这件事》。
另外，我今后也会努力让各位读者喜欢上我的书。
真诚地感谢各位！